リコの文芸サロン

ブログに綴る人生の機微

奥野谷 涼子

文學の森

著者近影　奈良公園

主人と（1987）

四国の親戚宅にて（1987）

万博記念公園にて（1995）

菊人形展

英語の先生のお母様を
大阪案内へ（1997）

ホテルニューオータニにて
「真如会」30周年記念（1996）

ハワイ（1999）

トルコ・イスタンブール（2011）

「あけび歌会」全国大会　　東京・清澄庭園（2013）

「あけび大阪歌会」吟行（2013）

リコの文芸サロン

——ブログに綴る人生の機微

目次

装丁　pond inc.　五十嵐久美恵

リコの文芸サロン

ブログに綴る人生の機微

奥野谷 涼子

奇貨譚

2020-04-24

未果てぬ夢　嶋野栄道老師

世界中で新型コロナウイルスによるパンデミックに立ち向かっている時、未果てぬ夢を体現された嶋野栄道老師を紹介します。

◆嶋野栄道老師（１９３２年～２０１８年、米国籍）

嶋野老師は三島の龍沢寺の中川宗淵老師（１９０７年～１９８４年）の弟子。キャッツキル大菩薩禅堂・金剛寺、ニューヨーク禅堂・正法寺元住職。１９６０年（27歳）に渡米し、２０１８年２月に来日中の名古屋で客死されました。

嶋野老師と以前、私は英語で文通をしていた時期がありまして、どこかで読んだ英文に私が訳を付けて送った詩に老師が１行追加されました。老師はまさに「未果てぬ夢」の体現者です。

With hopes, we can live for one week,
With love, we can live for one year,
With dreams, we can live for throughout life,
With the impossible dreams, we will never die.

希望にあふれて日々を終え、
愛にあふれて一年を過ごし、
夢にあふれて生きて行く、
未果てぬ夢は永遠のロマン。（嶋野老師が追加された一文）

私の随想集の２０００年1月の「Your Cells Know」の「The Pilgrimage（天路歴程）」より抜粋しました。

◆夢を託す（I leave you my dream）

中川宗淵老師の時代には２つの世界大戦があり、夢の実現は不可能でした。しかし、その夢を中川老師は嶋野老師に託され、嶋野老師はCatskillにInternational Dai Bosatsu Zendo（禅堂）を建立することによって、中川老師の夢を見事に実現されました。私は１９７４年に米国へ短期語学留学をしましたが、70年代のアメリカは朝明けのようなさわやかさがまだ全米に満ちていて、今日のように混沌としていませんでした。それでも異国の土地で禅堂を建立して、維持してゆくのに嶋野老師は大変なご苦労がおありだったと思います。

私達はどんな夢を実現し、どんな夢を次の世代の人々に託すのでしょうか。

March 21, 1999 RIKO

20年ほど前の原稿を再掲載します。

◆THE IMPOSSIBLE DREAM　ジョー・ダリオン(作詞)　ミッチ・リー(作曲)

To dream the impossible dream
To fight the unbeatable foe
To bear with unbearable sorrow
To run where the brave dare not go
To right the unrightable wrong
To love pure and chaste from afar
To try when your arms are too weary
To reach the unreachable star
This is my quest to follow that star
No matter how hopeless, no matter how far
To fight for the right without question or pause
To be willing to march
Into hell for a heavenly cause
And I know if I'll only be true to
This glorious quest

That my heart will lie peaceful
And calm when I'm laid to my rest
Um, and the world will better for this
That one man scorned and covered with scars
Still strove with his last ounce of courage
To reach the unreachable star

叶わぬ夢を夢み
かなわぬ敵と戦い
耐えられぬ悲しみを耐え
勇者とてためらう地をめざす
救いようのない罪を正しくし
遥か彼方にいても愛し、清め、戒めをもち
疲れ果てた腕もち、なおも挑み
達《とど》かぬ星をめざそうとする
あの星をめざす、それこそが私の終局の願い
希望なく、またいくら遠くあろうと
その権利のため疑問も休止もなく戦いつづけ
天国を想い

地獄にも突き進んでいく
私には自分が
この栄誉ある目的をめざすかぎり
この心は和らぎ
やすらぎも得られるとわかっている
するとこの世界も素晴らしくみえてくる
傷つき、最後の力をふりしぼって戦った
ひとりの男にとってみても
あの達《とど》かぬ星をめざそうとするのは

誰かが気にかけてくれる

リコの所属している「あけび歌会」の創始者である花田比露思先生が、1964年（昭和39）1月の皇居での宮中歌会始に召人として詠進された歌は、

ふるさとの清き流れに今もかも翁はひとり紙漉くらむか　　花田比露思

私はこの歌を読んだとき、九州の小さな町で紙をすいている老人に遠くから想いを馳せている人がいることに驚きました。本人は知らなくても誰かが気にかけてくれている。そう信じるだけで生きる勇気をいただきます。神さま、仏さま、家族、友人、見知らぬ人達、動物、植物などがあなたを気にかけています。

花田比露思先生

2020-06-22

いのちを詠う

コロナ禍による外出自粛でリコの歌会も休止になっていますので、今までに詠んだ歌を見返して、先週は歌人の河野裕子さんをアップしました。今週はご主人の永田和宏先生をアップします。河野裕子さんはコスモスの花が好きで、自宅の庭にも植えていらしたそうです。私は河野裕子さんの短歌が好きで彼女の歌に注目していましたが、２０１０年８月にお亡くなりになりました。享年64。

その後、ご主人の永田和宏先生のご様子が気になっていましたところ、２０１８年１月14日にＮＨＫの『こころの時代　宗教・人生』「いのちを詠う」という番組で、自宅にて語る永田先生のご様子を拝見することが出来ました。その番組を観た感想を歌にしました。香炉の灰を、孫の紅里ちゃんと落ち葉を焚き火して自ら作られました。

ＮＨＫ「いのちを詠う」の番組に永田和宏の素顔を知りぬ　涼風

昨秋の全国大会講師なれば気に掛かりたりその歌心

＊２０１７年10月、永田先生は大阪でのあけび歌会全国大会の講師として、「歌の力」と題して講演をしてくださいました。

永田和宏先生

詠草の良し悪し迷ふ時あらば河野裕子を永田は信ず

喧嘩して口きかぬ日々続けども歌の批評は机に置きしか

錯乱を「壊れたわたし」と詠む妻を「泣くより無くて」夫は抱きしむ

裕子はや己が狂気を自覚して歌を詠みしよ永田の目には

再発を受け入れ裕子は祈りしか寂光院に五色紐を握る

十年の闘病ゆゑかお二人は他人行儀な言葉を交はす

枕辺に録音しつつ書き取れり十首の歌を死の前日に

妻のため長生きせむと自炊する永田の素顔を画面はうつす

女の孫と落ち葉を焚きて作りをり妻に手向くる香炉の灰を

三歳の紅里《あかり》を知らぬ妻なれば妻の分まで女孫を愛でむ

混迷の時代

塩沼亮潤師は、奈良県の大峯千日回峰行を９年かけて、１９９９年９月に達成した史上２人目（１３００年間に）の満行阿闍梨です。

先ず、行者は結界を張り仏様に御出でいただきます。護摩祈祷の間、参加者は様々な思いを抱きます。そうして知らず知らずに心持ちが変わるのです。それが祈祷に参加する意義でしょう。リコは２０１６年５月15日に仙台の秋保の慈眼寺で護摩祈祷に参加しました。祈祷中は1時間ずっと般若心経を唱え続けます。

塩沼師の朗々たる声、兎に角、声が素晴らしいです。

【護摩祈祷】　涼風

回峰を千三百年に二人目の満行阿闍梨に会ひたさつのる

慈眼寺の塩沼阿闍梨の護摩祈祷に参列せんと秋保《あきう》を訪ぬ

護摩堂に息をひそめて見つめたり白装束の阿闍梨の所作を

法螺貝や太鼓に鉦の音高らかに堂内に満つ火入れの儀式

左手を天に差し上げ振り鳴らす金剛鈴の身にしみ渡る

11月5日の深夜、午前2時10分にNHK－BS1でスペシャル番組が放映されました。塩沼師が日常気をつけているのは「独りを慎む」です。「一人の時も人々の中にいるように心を律しています」と語られました。

・2001年9月11日のアメリカ同時多発テロ事件
・2011年3月11日の東日本大震災
・2020年のコロナパンデミック

混迷の時代に、スーパー人類の塩沼師がおられる訳をリコは考えています。

2021-01-14

知足

コロナパンデミックによって、これまでの暮らしが出来なくなりました。

Beforeコロナ……年金暮らしの中で行きたいところへ行き、食べたいものを食べ、のんびりと生きて来ました。

Withコロナ……自粛生活で少しだけ萎縮して、いじけています。電車・バスに乗り出掛けることが無い生活が、もう1年近くになります。

Afterコロナ……B・W・Aコロナ（ボクシングのタイトルのようですが）を見直し、新たな生き方を模索しています。知足＝「足《たる》を知る」、老子の「自勝者強、知足者富」、身のほどをわきまえて、むやみに不満を持たないこと。

ブログ友達さんがダイアナ・ロスの「If we hold on together」を紹介してくださいました。

If we hold on together
I know our dreams will never die
Dreams see us through to forever

As high as souls can fry
The clouds roll by
For you and I

私たちが共に歩めば
夢を諦めるようなことは決してない
夢が私たちを永遠に励まし続けてくれるから
魂が出来る限り高く飛び立てるようにと
あなたと私のために
流れている雲のところまで

リコはアラ70（老境）ですからすでに親族も見送り、特に個人的に何かを成し遂げたい時期は過ぎましたので、皆で力を合わせて２０２１年を良い年に出来るようお役に立ちたいです。

2021-04-23

ブログ開設3周年①

２０２１年4月23日でブログ『リコの文芸サロン』を開設して3年経ちました。その間に書いたブログが３７９本になります。その中から是非、皆様に今一度読んでいただきたい記事を再掲します。

★２０１８年12月19日★（ブログ再掲）

今年のリコのブログのお気に入りランキング第３位は、「何の為に生きているのか」とのタイトルでアップした私の随想「力の限り」です。11月15日の松井一恵さんの随想「身体」（絶筆）に応えて書いた私の随想です。

松井一恵さん（たっちゃん）が死の20日前に書いた随想「身体」に「結局、治らない、何の為に治療を続け、辛い思いをしてまで生きなくてはいけないのでしょうか?」と重い問いかけがあります。何とか彼女を励ましたいと思い、リコは一恵さんに左記のラインを送りました。図らずもその日付は9月11日、彼女の死の２週間前でした。一恵さんの闘病の日々を書いてみました。

松井一恵さんが２０１８年（平成30）9月26日に逝去されました。55歳という早すぎる旅立ちでした。昨年の6月に腹膜癌が判り治療を続けておられましたが、受け入れ難いことになりました。一恵さんのように賢くて冷静な女性に会ったのは私の人生で初めてでした。

【力の限り】

ブラインド上げておいてね看護婦さん我が家へ続く道見たいから

＊病室での詠草は内容が限られていますが、自分の想いを表現する短歌を充分に活用された入院の日々だったと思います。

光り満つる春の街へと出かけたし水色リネンのスカーフ纏ひ

＊若々しくセンスの良い歌を詠まれる一恵さんの詠草は段々と透明になり、歌がすっと立ってくるように感じました。

憂鬱が押し寄せる日はいつもより紅きシャネルのルージュをひかう

＊彼女はフランス語、英語が得意なので、お洒落な言葉を巧みに使う伸び伸びとした感性があり、伝統的な詠み手の多い短歌結社の中で、一恵さんの新しい歌風の成熟を私は楽しみに注目していました。再入院の今年7月上旬、病が重くなっても、写真や家族、花々、フランス語の詩文のトークがラインに届き、いつも通

り一恵さんは冷静そのものでした。7月中旬には病院のベッドの上でスマホに何回も原稿の下書きをし、随想「忘れじと思ふ」を「あけび」短歌誌に投稿されました（8月号掲載）。熱が出るようになっても病室にパソコンを持ち込んで、2つ目の随想「匂い」（9月号掲載）を、3つ目の「懐かしの授業参観」（10月号掲載）を書きあげられました。驚くべき精神力です。

8月10日には「このところずっと怠くてしんどいので、もうダメかもしれないです。がんばりましたが」とラインが届きましたが、9月10日には4編目の随想「身体」を書かれました（11月号掲載）。この随想の中に「何の為に生きているのか」と重い問いかけがあります。私は早速、一恵さんにラインで返信を送りました。

ただ見れば何の苦もなき水鳥の足に暇なき我が思いかな　　水戸光圀

人は何気無く生きているように見えても、何かしらの想いや悩みを背負い生きています。貴女の随想「身体」を拝読しました。「何の為に生きているのか」は重い問いかけです。貴女は明日をも知れぬ病状で4編もの随想を書けた。重症の人が何を考え、どんな病に苦しんでいるのかを書けた。だれもがそれを書ける訳ではない。貴女に出来ないことを考えると何の為に生きているのかとなりますが、出来ることを考えたら、貴女は誰にでも出来ない日々を強い精神力で生きている。私は姉を1ヶ月間病院に泊まって看病

しましたが、姉はいつもウトウトしていて、会話も無く、56歳で亡くなりました。

年ごとに一歩の幅の狭くなる父を支ふる靴の小ささ

「いつまでもいついつまでも頑張れ」と父の言葉に枕を濡らす

帰り行く子の手を握り「またね」と返すその瞬間が来るのが辛し

＊私は最愛の若き友人を亡くしました。寂しい限りです。

賢くて愛しきひとよ貴女との四百日を力の限り　　涼風

一恵さんの木目込み手芸作品「春の宴」です。彼女は卯年で、リコのブログのマスコットは偶然にもうさぎの花瓶です。一恵さんとのご縁を感じます。

2021-04-23

死してなほ武士道　忠臣蔵・大石内蔵助

昨年の11月に京都市山科の岩屋寺を訪問し、その時の感動を詠みました。山科の岩屋寺に大石内蔵助は、討ち入りまでの1年間を住みました。

【死してなほ武士道】　涼風

これがあの大石内蔵助の隠れ里岩屋寺の門をしばし見あぐる
改易と殿切腹の七日後に京都に土地を捜しき大石
内蔵助は仇討ちまでの一年を何を思ひてここに住みしか
山科に大石殿の遺髪塚三百年の時は流れぬ
戒名に「刃と劔」の文字の有り四十七士の武士道みたり
座禅組みその手に己の首を置き泉岳寺にて埋葬されき

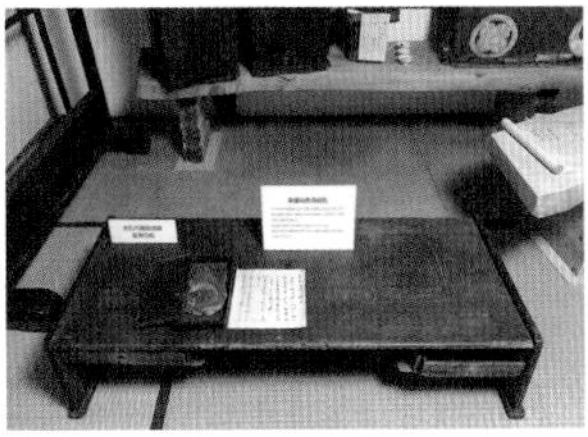

享年は十六歳の肖像の大石主税の童顔いたまし

岩屋寺に展示の衣桁衝立も銭函までも黒光りする

「時は元禄15年」と、毎年12月になると必ず『忠臣蔵』がテレビドラマになります。元禄15年（１７０２）12月14日に、主君・浅野内匠頭の仇討ちのため吉良上野介の屋敷に討ち入りました。大石内蔵助が江戸へ仇討ちに立つまでの約1年を住んだ京都市山科の住居跡を訪ねました。

◆岩屋寺（いわやじ）　京都市

岩屋寺は、京都府京都市山科区西野山桜ノ馬場町にある曹洞宗の寺院。山号は神遊山。本尊は不動明王。赤穂事件で有名な大石内蔵助が隠棲したところと伝えられ、大石寺とも称される。本堂には、本尊の周りに赤穂四十七士の位牌が並べられている。また、大石内蔵助が使用した文机や鍵付き貴重品箱などの遺品が保管、展示されている。（Wikipedia より）

写真を自由に撮らせて頂きましたので紹介します。

この階段を子猿が駆け上がりました。今でもお猿さんが姿を見せるなら、内蔵助が住

んでいた300年前はもっと鄙びた山里だったでしょう。

本堂の右横に、内蔵助始め四十七士の位牌が祀ってあり、戒名はひとりを除いて全員「刃〇〇〇劔」と、上と下に同じ字が使われています。浅野内匠頭の肖像画と、

かぜさそふ　はなよりもなほ　われはまた　はるのなごりを　いかにとかせむ

の辞世が展示されていました。300年以上前に内蔵助が使っていた机が残っているなんて、不思議な感じがします。

内蔵助は主君・浅野内匠頭（享年33）の切腹を聞いた3日後に、手紙を京都の岩清水八幡宮の親戚に出して、大津・山科・伏見・八幡の何処かに土地を探すよう依頼したそうです。最終的に、山科の岩屋寺の住職が親戚だったので山科に決めたそうです。

義士堂には東郷平八郎元帥揮毫の「赤穂義士」の扁額。花押は軍艦マークが特徴です。

内蔵助愛用の小刀の銘文（画像の左右の札）の意味は、

万山重からず君恩は重し、
一髪軽からず我命は軽し
（万の山よりも主君の恩は重く、
その前では自分の命は1本の髪の毛よりも軽い）

2021-04-24

ブログ開設3周年②

★２０２０年3月24日★（ブログ再掲）

『リコの文芸サロン』を開設して2年になります。２０１８年9月26日に55歳で亡くなられた松井一恵さんはリコにブログを始めることを勧めてくれて、彼女自身もブログにたくさんの記事を投稿してくれました。カテゴリーは「Chambre de K.」です。亡くなられたのは本当に哀しくて残念な出来事でした。

松井一恵さんの家の庭の白いバラは、彼女のイメージにぴったりです。

【力の限り】　涼風

今なのか然るべき時か認めえず松井一恵さん逝去の知らせ
突如とはかくなるものか水の幕のかなたに去りぬあなたの姿
友の死を知りしはいつかおぼろなり見つめ合ふこと叶はぬままに
日が経つにつれて不在がのしかかる予期せぬ別れに悲しみつのる

ご主人の記すメールの言の葉に深き愁ひのこもる「亡き妻」

「中年の脂肪太りか」六月にお腹の張りを電話に語る

診断は腹膜癌なり度々の抗がん剤の点滴辛し

病床に八首詠草推敲しスマホのやりとり欠詠も無く

病室にパソコン持ち込み綴りたり随想四編執念の術《すべ》

さりげなく「末期の癌」とメール来る貴女の覚悟に思はず怯む

「なんの為に生きているのか」と重き問ひ答へる術なくただ見守れり

モルヒネを打つ日の続く「何としても、生きていたい」と今朝のラインに

最後まで力の限りを尽くしたり怜悧なあなたの確かな誇り

あるはずの未来の扉消え失せぬ五十五歳の秋こつぜんと

明け暮れに力の限りを尽くしたり病みゐる君との四百日を
折りふしに君を思ひて一周忌哀しみ続く若き友の死

2021-04-27

犬の学校の創立30周年

30年ほど前に、当時飼っていたビーグル犬のエル君の訓練を、犬の学校を始めたばかりの山下憲治先生（当時23歳）にお願いしました。週に3回散歩を一緒にして、待て、伏せ、飼い主の横にピタリと付いて一緒に歩く、ジャンプ等の訓練をする授業でした。訓練費は確か、週に3回で月額2万円で、期間は4ヶ月でした。我が家は17年前にエル君が亡くなって以来犬を飼っていませんでしたから、先生とは年賀状のみのお付き合いとなっていました。

今は「BIG DOG」と名称が変わっていますが、山下憲治所長から創立30周年記念祝

参加者は100名を超え盛大な会となりました。

賀会を開くと連絡があり、４月14日に主人と参加しました。当時の訓練のことを考えていましたら、写真アルバムを作ったことを思い出して、当日持参しました。参加者は１００名を超え盛大な会となりました。

卒業式にはプロのカメラマンが来てくれましたので、ジャンプの瞬間などが上手く撮れています。

12歳ごろに左足を痛めて、公園まで三輪車で運んで散歩をさせていました。この頃の体重は23kgで重い重い（ビーグル犬は15～18kgが標準）。

来賓挨拶をされた「青山ケンネル」の澤地さんとテーブルの席が隣になり、楽しい時を過ごすことが出来ました。犬の保護協会の甲斐さん、各種犬の競技会の役員さんも参加されて、当時とはスケールの違いに驚き、感動の２時間でした。

山下憲治所長は４月から会長になり、新所長には佐々木真司氏。スタッフ一同は、20年後にまた祝賀会を開きたいと希望を述べられました。リコは90歳近くになりますが、出来れば参加したいです。

2021-04-29

はりねずみとこぐま

今、日本は新型コロナウイルスの爆増で３回目の非常事態宣言が発令中です。リコも自分の状況に合わせて冷静に対応します。皆で協力して、思いやりを持ってこの難局を乗りきりましょう。


はりねずみさんが無事にこぐまくんに再会できたのも、水に落ちた時に冷静に上向きに浮かび、こぐまくんの好物の蜂蜜を落とすまいとお腹に載せて流されていたからで、そこで大きな魚さんに助けられました。

「お天道さまはみてござる」をリコは信じています。


『きりのなかのはりねずみ』は、はりねずみとこぐまの友情の絵本です。

毎晩、一緒に星を眺めるのが楽しみの二匹です。ある晩に、はりねずみは美しい白い馬に見とれて霧の中をさまよい、川に落ちましたが、こぐまくんの大好物の野いちごの蜂蜜を流されながらもしっかりと握って離しません。

水中から現れた大きな魚に助けられて、こぐまくんの所に行けました。二人でいつものように星を眺めながら、はりねずみくんはポツリと「こぐまくんと　いっしょは　いいなと　おもいました」。

リコはふと思いました。ポツリでいい。些細なことでもいい。誰かと一緒の安らぎを感じられる感性を大切にしたい。

2021-05-02

『サラダ記念日』がカレー味の唐揚げ

２０１６年８月、毎日新聞社と総本山金剛峯寺が主催する高野山夏季大学で、俵万智さんの講演を聞く機会を得ました。その時に『サラダ記念日』のサラダは、実は彼のお弁当に入れたカレー味の唐揚げだったと驚きの打ち明け話。実際に彼が美味しいと言ったのはカレー味の唐揚げの方ですが、唐揚げでは短歌にならないので、一緒に入れたサラダに変えたそうです。その講演を随想に纏めましたので紹介します。

◆サラダ記念日（２０１６年８月の講演）

「この味がいいね」と君が言ったから七月六日はサラダ記念日

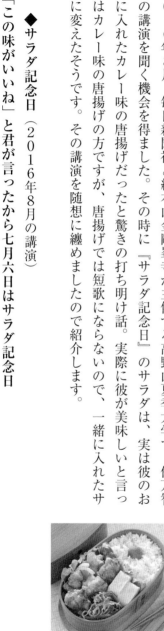

24歳だった俵万智さんは、誰にでも解りやすい画期的な口語短歌の歌集『サラダ記念日』で、鮮烈な歌壇デビューを果たされました。「この味がいいね」という歌について、2人の高名な学者の方から「万智さんは教養が有りますね」と言われたそうです。一人の方は芭蕉の「文月の句」を踏まえているといい、他の一人は、「サラダ」という言葉はシェイクスピアに出てくる台詞だというのです。

万智さんは何のことか解らなかったそうです。芭蕉の句？　シェイクスピア？　リコはそれがとても気になりましたので調べてみました。

《七月六日》について――〈文月や六日も常の夜には似ず　芭蕉〉明日は七夕だと思うと、七月六日の夜もいつもの夜とは違っているように思われる。

《サラダ》について――シェイクスピアの史劇『アントニーとクレオパトラ』で、女王クレオパトラの台詞に「サラダ　デイズ」が出てきます。「サラダ　デイズ」……サラダの日々とは未熟な青年時代の意味です。何気なく使った言葉が東西の天才の句に相応していたとは、彼女の短歌の才が光ります。

さて「サラダ」の歌の生まれた背景についての裏話。日付については、7月7日は七夕と重なり記念日としてのインパクトに欠けると考え、普通の日、つまり1日前の6日を選んで歌にしたそうです。「この味がいいね」と彼が言ったのは、実際はカレー味の唐揚げだったのです。万智さんがいつも作っていた唐揚げをその日はカレー味で作ってみたら、彼が大変喜んでくれて嬉しかったそうです。歌を推敲する段になって、唐揚げをサラダに変えられました。皿に盛られたサラダが美しく「さ音」で響きも良かったそうです。

恋愛の歌は「事実」（＝唐揚げ）をそのまま作っては駄目な場合が多く、「真実」（＝嬉しさ）を詠うために色々と工夫をするそうです。何とも奇抜な推敲の仕方でリコは大変に驚きました。

一方で、子供は日々成長していくので、子育ての歌は刺身のように鮮度のある内に歌にするそうです。２００３年に万智さんは男児を出産されました。愛称をたくみん君といいます。

バンザイの姿勢で眠りいる吾子よそうだバンザイ生まれてバンザイ

（『生まれてバンザイ』）

息子さんの幼稚園入園を機に東京から仙台に引っ越しをしましたが、２０１１年3月11日の東日本大震災に遭遇し、西へと避難してついに沖縄の石垣島に辿り着きました。

子を連れて西へ西へと逃げていく愚かな母と言うならば言え

（『オレがマリオ』）

石垣島が気に入って5年も住むことになりましたが、今春、息子さんの中学入学を機に宮崎に転居されました。正に孟母三遷ですね。

何よりも大事なことと思うなりこの子の今日に笑みがあること

（『凪が笑えば』）

54歳の万智さんは、中学生の息子さんと高野山に来ておられました。私は、感性に富む息子さんの成長を楽しみにしています。

2021-05-03

正岡子規の母と妹

1917年（大正6）、
子規庵にて八重と律

正岡子規（1867年〜1902年）を献身的に支えた、母親の八重さん（73歳）と妹の律さん（48歳）の写真を初めてみました。3月に芦屋市の虚子記念文学館に行った時に、正岡子規『仰臥漫録』（附・早坂暁「子規とその妹、正岡律」）の本を購入しました。その中に、体格の大きい丈夫そうな妹の律さんと母親の写真が載っていました。

【虚子記念文学館】　涼風

虚子こそは子規の一番弟子ならむ特別展開かる虚子記念館に

「子規逝くや十七日の月明に」と立待月の虚子の弔句

結核に罹ることなく健やかに教職つとめし妹の律

虚子翁の孫に会ひにき「いらっしゃい」と声かけくれしよ稲畑女史は

ホトトギスの稲畑汀子先生の包み込むかの笑顔の存問

俳句結社「ホトトギス」の虚子以下４代の句をクリアファイルにしたものを記念館で購入しました。

咲き満ちてこぼるゝ花もなかりけり　虚子

秋風や竹林一幹より動く　年尾

空といふ自由鶴舞ひやまざるは　汀子
虚子記念文学館へ帰省かな　廣太郎

2021-05-05

鷹の選択

★2020年8月19日★（ブログ再掲）

コロナパンデミックで自粛生活が続く中、日々、選択を迫られます。リコはこの動画「鷹の選択」を何度も見たくなります。YouTubeはある期間が過ぎるとこのブログから再生が出来なくなりますので、「鷹の選択」のキーワードで今泉享之さんの動画をご自分でネットで見てください。

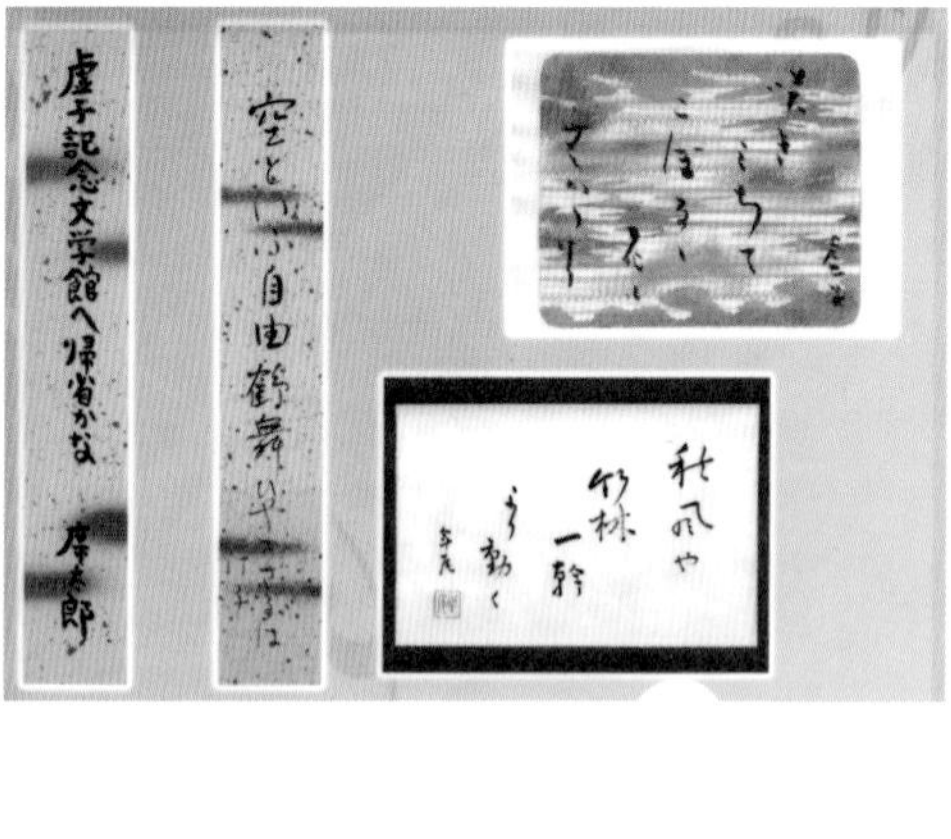

鷹の物語（40歳で大きな決断を迫られる習性）は嘘だという人達がいますが、フィクションであれ、リコは勇気を貰うファンタジーとしてこの鷹の後半30年に拍手喝采します。コロナパンデミックで私たちは人生が一変しました。こんな時に相応しい「孤高の鷹」の生き様です。

挿入歌の『ユー・レイズ・ミー・アップ』の歌詞を繰り返し聴いているとふと気づきました。「ＹＯＵ」とは家族・友人のほかに、自分自身こそ大事な決断を下せるように生きて来たかと問われていると思いました。この歌の要約は、

気持ちが沈む時、心が疲れた時、困難にみまわれ、
心に重荷を背負った時、
そんな時は静寂の中で待つ、君が現れて隣に座ってくれるまで。
あなたが私に力をくれるから高い山にも登れる。
荒れ狂った海さえ渡れる。
You raise me up to more than I can be.
あなたが私に力をくれるから自分を超えていける。

2021-05-07

ドラマ『琅琊榜《ろうやぼう》』

リコが今までに観たドラマで内容の素晴らしさは言うまでもなく、全ての出演者の演技の凄さは感動ものです。人間の喜び、弱さ、哀しみ、虚しさ、寂しさ、怒り、失意など、全ての感情、あらゆる境遇を描き、多彩な出演者で素晴らしい作品になっています。テレビ放映は終わっていますが、ＤＶＤが出ていますのでレンタルショップで借りることができます。

◆琅琊榜《ろうやぼう》　麒麟の才子、風雲起こす

リコが過去20年間に観たドラマの中で一番にあげます。

中国ドラマで胡歌《フーゴー》主演の２０１５年放映、リコは再放送を含め5回も観ました。主人公の蘇先生（梅長蘇）のたたずまいがなんとも言えず胸を打ちます。白いローブを着て立っている主人公・蘇先生の憂いを秘めた眼差しが忘れられません。

朝廷の高官の裏切りにより19歳で父親を始め全軍全滅のなか只一人生き残り、あまりにひどい傷を負ったために過酷な治療をして人相が変わり、12年後に偽名で故郷に帰っても婚約者さえ彼に気付きませんでした。それからの展開が日本のドラマには無い展開で目が離せません。都に戻り蘇先生は目的を達しましたが、15年前の戦場での傷の治療の副作用で、確か5年ほど後に35歳くらいで亡くなります。中国映画界の人材の豊富さを痛感した作品でした。

2021-05-07

人生の名言

★2020年2月21日★（ブログ再掲）

2月12日のテレビ番組で、デヴィ夫人の人生哲学を知りました。さすがに80歳になられてもお美しい人であるだけに、素晴らしい根性があると感心しました。夫人は当時を思い出して涙ぐんでみえましたが、自分の人生は自分で背負うとの凛とした矜持が感じられました。

「どんなに、苦しくて辛くても、敵が全滅するまで絶対に死なない」

自動車販売店での驚きの出来事です。リコの知り合いの車の販売員さんのエピソードです。

新車のナンバープレートが「42－19」となった。「死に行く」と読めて、販売店の関係者は皆青ざめた。その夜に彼が納車に行くと、購入者であるスナックのママは開口一番「ありがとう、良い番号ね、《夜に行く》なんて夜の商売の私の店にぴったりの番号やわ」と喜んで下さった。彼が営業所に戻ると、この車はキャンセルになったと思ってみんなは心配してくれていた。顚末を話すと全員が事の成り行きに大いに感動した。十人いれば十人とも「42－19」を「死に行く」と読む車の番号を、このママは思いもかけず「夜に行く」と読み変えてその上、感謝をされた。

こうして物事を前向きにとらえて、ママは人生を切り開いて生きてみえるのですね。素敵な大人の女性ですね。販売員の彼は誠実に生きているので、切羽つまると神様仏さまが助けてくださるとリコは思いました。

あけび歌会の短歌で詠まれた名言を紹介します。

○人生の実り（八十代の女性）

婚家さるも悔ゆる日はなし鍬を振り一献に酔ふ夜をすごさむ　　美喜

○老境の誇り（八十代の男性）

わが傘寿を誰にも告げず祝はれず祝はずひとり日々をつつしむ　　雄介

2021-05-08

『シナン』夢枕獏著

『シナン』の中に、詩人・ザーティーの素晴らしい詩がありましたので紹介します。

「孤独は人を賢くする」

独りはよい
何故なら独りの時に
多くのものは
その人のもとにやってくるからだ
哀しみも
それに耐える分別も
哀しみは人生の伴侶であると
その分別がおまえに
教えてくれるだろう
そして
老いもまた
その人が独りの時に

やってくるが
神もまた
その人が独りの時に
その人を訪れる
孤独は深い泉である
汲んでも汲んでも
それは神の英知のごとくに
尽きることがない

「人は旅人である」

いつまでも
あると思うな黒い髪
あると思うな心の炎
旅人の髪は
旅の途中で白くなる
旅人の心に燃える炎も
旅の途中で消え果つる

恋さえも
ああ
そして憎しみさえも
旅の途中で枯れてゆく
それを哀しむ心さえも
野の風のように
どこかへ行ってしまう
ああ
それでもなお
それでもなお
人は旅人である
人は旅に向かって足を踏み出す
ああ
御神よ
御神よ
旅は今もなお
老いてなお
青葉萌え
青葉風にきらめき

まだわたしを
野の果てに誘うのである

2021-05-20

今になって気付くこと

5月18日の夕方、主人は雨の中、傘を差して自転車で歯医者に出掛けました。

横断歩道を渡ろうとした時、前から勢い良く自転車が来たので主人は避けようとして転倒し、足が自転車の下で絡まって起き上がれない。そこへ三人連れの女性が駆け寄り、助け起こしてくれたそうです。雨が降っていたので濡れましたが、足が擦りむけて少し血が出ましたけど、大した怪我はありませんでした。リコが、

「そんな人通りの多い所を通るから」

とルートに文句を言ったら主人は、

「人通りが多いので助け起こして貰えた、人がいなかったらなかなか立ち上がれなかったと思う」

と。そうか、主人は困難に遭ってもいつも前向きに考えてこれまでの人生を生きて来たんだなと改めて納得しました。

リコは故・紀野一義先生（１９２２年~２０１３年）に人生の師として40年近く教えを受けました。ある時、先生の本に何か書いてくださいとお願いしましたら、「悟りは遥か彼方からやって来る」と書いてくださいました。閃き・グッドアイデアは突然に落ちて来たと多くの偉人が良く話されていましたので納得しました。

ところが、肝心な言葉は「遥か彼方」の方でした。「遥か彼方から」は最近、良く読んでいる葉室頼昭先生（春日大社前宮司・医師、２００９年逝去）の本に依ると神様（創造主）に当たると判りました。葉室頼昭著『神道　見えないものの力』に、神様の世界は静寂な夜（暗闇）で、人間に暗闇が理解出来るように明るい世界（昼間）を造られた、伊勢神宮の20年毎の式年遷宮《しきねんせんぐう》も春日大社の式年造替《しきねんぞうたい》も夜に執り行われる、と書いてあります。

リコの購入したガラス作品を紹介します。美しさが上手く撮れませんでしたが、ご覧下さい。京都の二鶴工芸作品のもので、豆皿と、暗闇のイメージの月・昼間のイメージの桜花のクリスタルウエイト（文鎮）です。

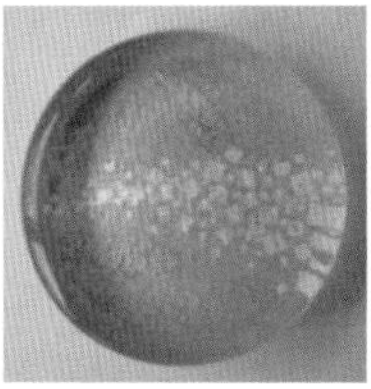

2021-05-21

時の試練

★2020年7月6日★（ブログ再掲）

私の処世訓のようなもので、50歳ごろに書いた英語での随想です。いま読み返しても人生の大切なことが書かれています。

50にして天命を知る歳らしく、随分と立派なことを書いていますが、数十年経ってリコはすっかり忘れ果てている人生訓です。一気に天に駆け昇る「天命を帯びた龍」、麓からゆっくり、確実に頂上に向かう「天命に気が付いたカタツムリ」です。皆で力を合わせて時の試練に耐え抜きましょう。

◆かたつむりの絵　Stand the test of time.（時の試練に耐える）

The ascending dragon is an allusion to one of Tesshu's paintings that shows a dragon soaring to the top of Mount Fuji in a flash, while a snail slowly creeps up the mountainside but also reaches the peak in the end. Tesshu's inscription calligraphed on the painting was:

If this snail

Sets out for
The top of Fuji
Surely he will
Get there

Yamaoka Tesshu　山岡鉄舟……Zen sword teacher,
１８３６年～１８８８年

written by RIKO

《命をつなぐ、思いをつなぐ》

このイラストはリコがwordで、ネットのイラストを使って作った想像図です。鉄舟が書いた掛け軸があるそうですが、見たことが無いのであくまで私の想像図です。鉄舟についての本を４冊読んで、このカタツムリについて変なことに気がつきました。標高３７７６ｍの高さの富士山に、件のカタツムリは登れるほど寿命がない。けれど、仲間や子孫等がこのカタツムリの意志を引き継ぎ、ついに登頂に成功するでしょう。助け合うことを大切にした鉄舟の思いの深さがこの讃から伝わります。

日本が大変革した明治維新。西郷が畏れ、勝海舟が仰ぎ見、明治天皇の侍従としてつかえ、江戸と明治の激動の時代の架け橋として活躍した山岡鉄舟。

2021-05-25

紀野一義先生と志村ふくみ先生

★2018年10月★（ブログ再掲）

今から34年前の1984年（昭和59）6月18日、紀野一義先生とリコは、嵯峨野の志村ふくみ先生のお宅を訪問させて頂きました。

紀野先生と志村先生は、衣桁に掛かっていた猿沢の池に揺れる藤を表現した着物について、「まだ名無しですの」「龍女という感じだな」「そうですか」とお二人で楽しそうに話してみえました。

2021-05-25

心の底から願う

柳田邦男氏の『言葉の力、生きる力』に、ルイス・セプルベダの『カモメに飛ぶことを教えた猫』（白水社）が紹介されています。

重油汚染に倒れたカモメの母親が産んだ卵を食べないことで孵ったヒナを育て、飛ぶことを教えて欲しいと懇願された黒猫のゾルバは様々な困難からヒナを守り抜く。ヒナは若鳥になり、いよいよ飛翔する時を迎え、若鳥はおびえるがゾルバはやさしく励ます。

ついにカモメは高く、高く舞う。

「飛ぶことができるのは、心の底からそうしたいと願った者が、全力で挑戦したときだけだ」、ゾルバの言葉だ。

雨にさわり、雨を感じる。

そう、大いなる自然の世界とからだでつながるその感覚こそ、生きている実感であり、生きる支えとなるものだ。

2021-05-26

最後に1つだけ

リコのブログは２０２１年４月で開設３年になります。これまでの記事からお勧めの記事を紹介しています。次のブログの初出は２０１８年11月です。

柳田邦男氏の『言葉の力、生きる力』を読んで考えたことを書いてみます。

「月夜の浜辺」　中原中也

月夜の晩に、ボタンが一つ
波打際に、落ちてゐた。
それを拾つて、役立てようと
僕は思つたわけでもないが
（中略）
月に向つてそれは抛《なげ》れず
浪に向つてそれは抛《なげ》れず
僕はそれを、袂に入れた。
（後略）

○「月夜の晩に拾ったボタン」という文句は、人生の中で自分だけが密かに持つ大事なものを象徴するキーワードとなった。
○自分が他の誰でもない存在として生きた証として、これだけはやっておきたい、あるいはこれだけは最後までやり続けたいと密かに願うもの。たとえば、この花を自分が見られなくなっても、誰かが見て愛してくれるだろうと信じて、病が重くなっても最後まで鉢植えの花に水をやり続けた元新聞記者。
○生涯の趣味としてきた乗馬への愛着をがん末期になっても捨てず、病状の一瞬の晴れ間に5分間だけ愛馬に乗って、「これでいつ死んでもいい」と記したがん専門医。
○再発がんの治療を中断してまで撮影に出かけて、念願の石仏写真集を完成させた女流写真家――等々。（以上を本から抜粋しました）

リコのブログパートナーの故・松井一恵さん（２０１８年9月26日逝去、享年55）も、「これだけは」と短歌誌に最後まで欠詠することなく、さらに随想をスマホの小さなメール画面を使い、１４００字もの原稿を4編も投稿されました。彼女の生きた証しのお手伝いが出来たことを私は本当にありがたく思っています。

病床に生きの証しを綴りたりスマホに届く「再入院」の歌　　涼風

2021-05-26

男の哀しみ

『わたしの愛する仏たち』の著者・紀野一義先生（１９２２年8月9日～２０１３年12月28日）の略歴。大正11年山口県萩市の妙蓮寺の子息として生まれる。４歳の時に広島市の本照寺に移る。昭和20年、22歳で学徒出陣中に広島への原爆投下により両親・姉妹を亡くす。東京大学卒業。元宝仙学園短期大学学長。著書１００冊以上。12月28日は紀野先生の命日です。２０１３年逝去、享年91でした。

京都7、奈良8、飛鳥3ヶ所のお寺の仏さまについて、入江泰吉先生の写真と紀野一義先生による名解説の本です。この本は絶版になっていると思いますが、リコは英語版が出版されるのを待ち望んでいます。

写真は「大悲の如意輪」と題された、中宮寺如意輪観音（菩薩半跏像）です。紀野先生は「母を思う時、如意輪観音をすぐに思う。如意輪観音を思う時、私の情念は浄められ、深められ、限りなく人を愛さずにはいられなくなるのである」と書いてみえます。

『わたしの愛する仏たち』
（1979年6月第1刷発行）
写真：入江泰吉

リコのブログで一番人気の興福寺・阿修羅像。写真は「男の悲しみ」と題された興福寺・阿修羅像です。この本の中で先生は、「この像の眼ははるかあなたをじっと見守っている。私はこの顔を見ると、いつも、カール・ブッセの詩を思い出してしまうのだ」。

「山のあなた」　カール・ブッセ　（訳・上田敏）

山のあなたの空遠く
「幸」住むと人のいふ。
噫、われひとと尋めゆきて、
涙さしぐみ、かへりきぬ。
山のあなたになほ遠く
「幸」住むと人のいふ。

＊

師の教へ「凛と生きる」を座右とし三十七年の師弟の縁　涼風
歳晩の一周忌にと師の君にご朱印帳を供へ奉れり

2021-05-26

興福寺・阿修羅像

私のお勧めは、紀野一義先生によるそれぞれの仏様の名解説と、名写真家の入江泰吉先生による仏様の迫力ある美しさを伝えている写真集です。この本は素晴らしいので、どこかの出版社で英語版を出版してくださらないかと願っています。

○『わたしの愛する仏たち』　紀野一義：著、入江泰吉：写真

私が40年近く教えを受けた紀野一義先生のお話の中で特に印象深かったのは、奈良・興福寺の阿修羅像のことです。童顔でハンサムな3つの顔に6本の手（三面六臂）の特異な造形で、大変に人気があります。

近年は外国人の仏像に対する興味が深くなったので、英語で阿修羅像のことを説明したいと思い、かなりさび付いている私の英語ですが、興福寺・阿修羅像の意味について、紀野先生からお聞きしたお話を英語で書いてみました。ご笑覧あれ……。

日本語の要約を書きました。阿修羅像の3つのポーズは、一日の感情の変化と、一生の魂の変遷を表わしています。

①一日の感情の変化　　大望↓↓ためらい↓↓感謝

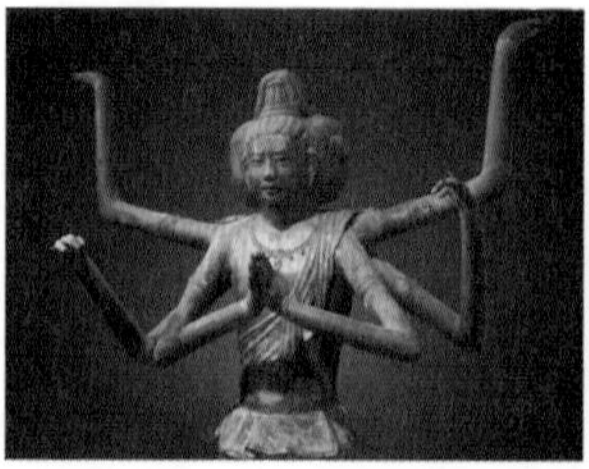

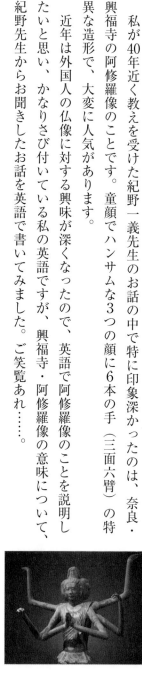

②人の一生の魂の変遷　少年期（野心）→→青年期（懐疑）→→大人《うし》（諦念）

人生での幾つもの失敗を経験として、価値あるものへと私達は変換することが出来ると気付いた。言い換えれば、失敗も成功も共に人間として成長の糧として利用できる。人生の試練を乗り越えることによって、大人（うし）として開花する。私達は自分のすべての経験を認め、感謝しよう。また、時として孤独は意志の強さを育成する。

◆Total Acceptance　『わたしの愛する仏たち』

Buddhist Images in Kyoto and Nara written by prof. Kazuyoshi Kino who was my Buddhism master for nearly 40 years.

p.52　The mature person（男の悲しみ）
Ashura, Kofukuhi Temple in Nara（興福寺・阿修羅像）
This statue has three faces with three pair of arms.
Each pose shows man's daily feelings and also man's life.
(Variation of his daily feelings)
Pose1……the right face with the arms held up shows his ambitions.

Pose2……he left face with the arms hung down shows his hesitation and restlessness.
Pose3……the middle face in prayer shows his spiritual awakening.

(Each stage in man's life)
In pose 1……Ashura is shown as a boy.（野心）
In pose 2……Ashura is shown as a person.（懐疑）
He has lost his confidence.
In pose 3……Ashura is shown as a man.（諦念）
He realizes that he can change his failures into valuable learning experiences. In other words, both good and bad experiences make a man of a person.
By overcoming the trials of life, a person blossoms into a man.
He accepts and appreciates all his experiences.
In addition, something isolation cultivates the strength of will.

written by RIKO

2021-05-26

紀野一義先生

リコの人生の師・紀野一義先生は、２０１３年12月28日に亡くなられました。リコは先生に40年近く教えを受けました。紀野先生と私の出会いと別れのいきさつについて、先生の会誌の追悼号（２０１４年４月発行）に掲載された私の随想を紹介します。

【瑠璃光】　　奥野谷涼子

最果ての海路をわたるかもめどり還り来ん日の夢も知らなく　　一義

この短歌は、紀野一義先生が１９４５年（昭和20）に22歳で太平洋戦争に出征される朝、広島の自宅のお寺の襖に残されたお歌です。この年の8月6日に、広島への原子爆弾でご両親と姉妹を亡くされました。この出征の朝について、詳しいことは『わたしの愛する仏たち』の「大悲の如意輪」に載っています。

表題の「瑠璃光」はこの本にサインをして頂いた言葉です。そして、90歳の紀野先生が昨年４月に病床で書かれた詩文は、

さいはての　海路を渡る　かもめどり　はてのはて　げに　海路をわたるかも

紀野一義先生は紺青色がお好きでした。

めどり　かへり来ん日のゆめも知らなく

先生は2013年12月28日に91歳で逝去されました。紀野先生をお送りする献歌2首。

歳晩に師は身罷りぬかもめどり還り来む日の無きぞ悲しき

師の教へ「凜と生きる」を座右とし三十七年の師弟の縁

2月9日の谷中の全生庵でのお別れの会に、先生の遺影の前で心の中で献じさせていただきました。

紀野先生が55歳、私は28歳の時に東京の講演会で初めてお会いしました。当時、私は名古屋の近郊に住んでいましたから、東京の例会へは7年間毎月通いました。その後、大阪に嫁ぎ、京都の例会で先生のお話を聞いていました。この10年間に実家の父・姉が相次いで亡くなり、主人が病気で入院し、その後、母が亡くなり、実家と大阪を行ったり来たりで例会に出席できなくなり、先生のお話を聞けなくなりました。

晩年、先生は車椅子であられましたが、東京から京都まで度々来てお話をして下さっていました。2年前の2月に10年ぶりに京都の例会で先生に再会しました。長いご無沙汰を恥じている私に「お元気そうで、なによりです」と、90歳の先生が私を労わって下さいました。

紀野先生との思い出はたくさんありますが、とりわけ心に残るのは、１９８４年5月3日～5日までの古寺巡礼で、先生と50名ほどの会員で斑鳩の里・葛城の古道・嵯峨野めぐりをした時のことです。私はその時にお参りした葛城の一言主神のご神徳で主人と巡り会えて大阪へ嫁ぎ、今年結婚30周年を迎えます。

もう一つは１９８４年6月18日に、草木染の人間国宝・志村ふくみ先生にお招きをいただき、先生と私と京都の会員さんと3人で、志村先生の嵯峨野の工房をお訪ねした時のことです。その時は少年のように目を輝かせて着物や染めと織りに見入られ、志村先生と楽しげに話されていた紀野先生のお姿は今も眼に浮かびます。

嵯峨野なるふくみ先生の工房を訪ひしははるか三十年のむかし

平織りと草木染めとの手わざから着物に宿る神の息吹は

先生に40年近く、仏法を始め芸術、文化、世界観など多くのことを教えていただきました。とりわけ「考えて生きること」を学びました。先生のおかげで私のささやかな人生を自分なりにきちんと生きてきました。有難うございました。本年1月から先生のご冥福を祈り、四国巡礼をさせていただいています。（２０１４年4月追悼号より転載）

四国巡礼の満願朱印帳はご自宅にお送りして、ご仏前にお供えしていただきました。

【紀野一義（きの・かずよし）】　１９２２年８月９日～２０１３年12月28日

紀野一義は日本の仏教学者・宗教家。真如会主幹。元宝仙学園短期大学学長。太平洋戦争中、両親をはじめ留守家族のほとんどが広島市への原子爆弾投下の犠牲となりました。東京の全生庵・清風仏教文化講座のほかに「真如会」の例会（東京四谷・安禅寺、京都・興正寺会館）、東京・池上本門寺、鎌倉大仏仏教文化講座などにて、仏教の普及啓蒙に努めました。２０１３年12月28日、肺炎のために他界。91歳没。「啓蒙書著作多く、仏教現代化に貢献した」として、第１回仏教伝道文化賞を受賞しました。著書は多数あり、ネットで購入できるものもあります。

2021-06-03

チャンスは準備が出来た人が好き

リコの英文随想「Chance Favors The Prepared」のなかで私と紀野一義先生の出会いのことを書いていますが、1996年から24年生きてきて、人生の四季にspiritual partnershipとして色々な人々と助け合い生きて来たと、アラ70になって解りました。

リコは1974年にアメリカに語学留学した時に、ニューヨークでパスポートを落としてニューヨーク市警へ遺失物届を出しに行きました（パスポートの再発行に必要なのです）。長い間受付で待たされて、目の前を、切られた、金品を盗まれた、撃たれたと被害を訴える人が引きも切らず、逮捕されてくる女性、暴言を吐きながら逮捕されてくる男性があり、田舎育ちのリコはその光景に仰天しました。パスポートもないし、私も殺されてハドソン川に捨てられるかもしれない。そうなったらこの地球上から私の存在が消えてしまうと大仰なことを考えました。

それなら、いつ死んでも良いように凜として生きてゆこうと思い、それには人生の師が必要と考え、帰国してからあらゆる本を読んで、3年かけて東京在住の紀野一義先生に出会いました。

先生が亡くなられて7年になります。当時、名古屋に住んでいたリコは月に1回、東

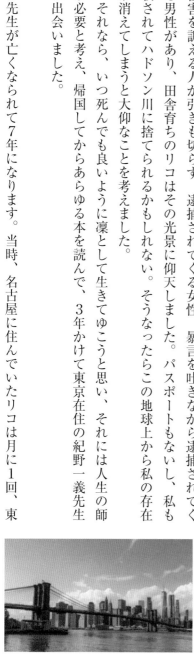

京の紀野先生の講演に新幹線で7年通いました。１９８５年に結婚して大阪に嫁ぎましたが、京都にも紀野先生の講演会がありましたので、40年近く教えを受けることが出来ました。その講演会で紀野先生のお話の感想を英語で書いたものがあります。その一部を紹介します。やはり、コンスタントな努力についてです。

◆A Buddhism sutra（妙適清浄句是菩薩位……理趣経）

Esoteric wisdom of Buddha（菩薩の秘密）
Buddha teaches people according to their natures and capacities.
The world of Buddha is extremely complicated, so we can't reach the esoteric wisdom of Buddha by ourselves.
The prepared can hear the secret of Buddha.
（相手のレベルと資質に応じて教えを説く菩薩界は全てオープンではない。人間の測り知れない世界がある。菩薩界は菩薩主導なので、人の出来る範囲は日々怠らず努力し、清浄に生きること）

Human's knowledge（人間の秘密）
The human world is pretty simple, so we can totally understand it if we continuously strive towards it.

（人間界は全てオープンなので、人が知ろうと精進すれば、全て知ることができる）

May 26, 1996 written by RIKO

2021-06-10

歌を託す

コロナ禍により、会場での歌会は昨年の8月から休みでzoom歌会になっています。

★2020年6月★（ブログ再掲）

リコは短歌をしていますが、コロナパンデミックで歌会が2月から休みになっています。この機会に今までに詠んだ短歌を見直して、人生を見事に生ききられた河野裕子さんに思いを馳せました。独自の感性と全身全霊で歌を詠われた稀有な歌人の河野裕子さんは、2010年（平成22）8月12日に64歳で亡くなられました。

京都・滋賀の歌枕の地をご夫妻で巡られて、２００８年7月〜２０１０年7月までの2年間に50回、京都新聞に「うた紀行」を連載されました。しかし、紀行の新聞連載が始まって直ぐに、裕子さんに乳がんの再発・転移が告げられました。再発後の過酷な治療と向き合いながら『京都うた紀行』（永田和宏・河野裕子著）の出版準備中に裕子さんは亡くなられました。

来年もかならず会はん花楝《はなあふち》岸辺にけぶるこのうす紫に　**裕子**

これからはかなしく思ひ出すだらうあんなにも若かつた夜と月と水　**和宏**

永田さんだからこそ、ありのままの裕子さんと人生を分かち合えたと思います。20代の新婚の頃に、2歳と4歳の子供を寝かしつけて、2人で中秋の名月を見に広沢池へ行った若き日。今、60代になり永久に輝く月を見上げ、妻はがんの再発と戦っている。いくばくの命が許されるのか。その思いの深さが夜の闇と重なります。『歌に私は泣くだらう　妻・河野裕子闘病の十年』（永田和宏著）に次の歌があります。

わが知らぬさびしさの日々を生きゆかむ君を思へどなぐさめがたし　**裕子**

のちの日々をながく生きてほしさびしさがさびしさを消しくるるまで

そして、死の前日に永田さん自身が口述筆記で書き止められた歌、

手をのべてあなたとあなたに触れたきに息が足りないこの世の息が

この3首は言葉にならない哀しみを誘います。残されるご主人を想い詠われていて、重篤な病状の中でこんなにも思いを込めておられることに驚きと感動を覚えます。裕子さんは最後の最後まで歌を遺され、その歌をご家族に託されました。この本は、旅立つ人と見送る人の苦悩と錯乱をありのままに正直に書いてあり、歌があったからこそ支え合えた10年の闘病の日々だったと思います。

これら2冊の本から、歌を詠むことの凄まじさとかなしみを私は心に深く刻みました。河野夫妻の覚悟を定められた生き様を歌に詠んでみました。

歌枕訪ねて京に時刻み想ひ刻みしか河野夫妻は　涼風

裏をみせ表をみせてありのまま思ひを尽くし息を納めぬ

歌人はティッシュの箱に紙切れに薬袋にさへ歌を遺せり

闘病に歌人一家の向き合ひし十年の日日をわれは羨しむ

覚悟するいとまもなくて一年の闘病の後に姉は逝きたり
還暦も古稀も祝はず写し絵に姉五十六の笑顔が遺る

私の姉は1年の闘病の後に56歳で亡くなりましたので、本人も家族も心をどこかに落ち着けるいとまもなく旅立ってしまいました。

祈りの国・日本

先の見えないコロナパンデミックで、私たち人類は「不思議な時間」を生きています。まるで戦後の昭和20年代のように世の中から色々なものが消えました。元に戻るものと戻らないものがあります。50年～１００年、時代が遡ったタイムワープのようです。

日本は全国に神社仏閣がたくさんあるので毎日、神官、僧侶、人々が神様や仏様にお祈りを捧げて下さっていると思います。日本列島が祈りに包まれているイメージが浮かびます。

２０１６年5月15日に仙台の秋保・慈眼寺の塩沼亮潤大阿闍梨をお尋ねし、護摩祈祷に参加させていただいたことを思い出しました。

前年にＮＨＫの『スイッチインタビュー』を観て、凄い方が日本にいらっしゃるので是非お尋ねしたいと思っていましたら、那須塩原市の友人が1週間の東北巡りを計画してくれ、塩沼大阿闍梨を秋保にお尋ねすることが出来ました（仙台・中尊寺・雲巌寺・那須高原などを訪問）。塩沼大阿闍梨は奈良・大峯山の千日回峰行を１９９９年に満行されました。これは１３００年間で２人目の快挙です。

白装束に身を正して、護摩堂にお入りになった大阿闍梨の凜とした雰囲気に息を飲みました。きっと、大阿闍梨さまも日々私達の無事をお祈りして下さっていると思います。

【護摩祈祷】　　涼風

回峰を千三百年に二人目の満行阿闍梨に逢ひたさつのる

慈眼寺の塩沼阿闍梨の護摩祈祷に参列せんと秋保を訪ぬ

護摩堂に息をひそめて見つめたり白装束の阿闍梨の所作を

ほら貝や太鼓に鉦の音高らかに堂内に満つ火入れの儀式

炉に燃ゆる護摩木の煙濃くうすく炎したがへ左右に流る

左手を天に差し上げふり鳴らす金剛鈴の身にしみ渡る

護摩壇に火柱立てり半時も蔵王大権現の御身照らして

寺庭に塩沼阿闍梨の笑みませりそのたたずまひの穏やかにして

2021-06-10

思いをゆだねる

短歌を詠む時に、どうしてもリコは自分の思いを入れすぎることがあります。最近、読む人に私の思いを委ねることを気づかせてくれた経験を書きます。

特攻機に乗りゆき散りし子の踏みけむ鹿屋の石を玉と拾はむ　涼風

老夫婦が鹿児島県の旧鹿屋《かのや》海軍航空基地を訪問して滑走路で石を拾い、奥様が大切そうにハンカチに包まれました。息子が踏んで飛び立った石かもしれないとご両親は思われたのです。

この記事を私は新聞で読んで、何とかこのことを歌にしたいと推敲を重ねました。誰かのために詠んだ初めての歌でした。良き歌を詠みたいとの思いは十分にありますが実力が追い付かず、いつも自分の思いの先走る歌が多くなりました。そんな中『万葉集』の３４００番歌、

信濃なる千曲の川のさざれしも君し踏みてば玉と拾はむ

の歌を知り、まさに老夫婦の心情が詠まれた歌でした。誰かのために頑張り詠草する経

鹿屋航空基地史料館は現存する唯一の二式大型飛行艇を展示する

験をしたことで、独りよがりでなく、人に判る歌、読者に想いをゆだねるゆとりのある歌を詠もうと、そんなことに気づかされるきっかけとなった一首です。

2021-06-10

パスポート紛失

ニューヨークのリバティ島に建つ自由の女神とマンハッタンを結ぶ船の中から撮影した、１９７４年のツインタワーです。27年後（２００１年9月11日）に旅客機が乗っ取られ、タワーに飛び込んで２棟とも崩落するなんて、今でも信じられないアメリカ同時多発テロ事件でした。

リコの最初の海外旅行は、46年前の１９７４年に米国に短期語学留学に行った時です。その時たまたま私の誕生日で、ホストファミリーからお祝いにいただいたアメリカ大統領の記念硬貨です。ケネディ大統領硬貨（50セント）の裏と表で、「１９７１年」の刻印があります。

ケネディ大統領とアイゼンハワー大統領（１ドル）の硬貨

リコはこの留学期間中にニューヨークでパスポートを失くしました。渡米前のオリエンテーションで、くれぐれもパスポートは失くさないようにと注意を受けたのに、滞在1ヶ月ごろに失くしてしまいました。

ニューヨーク市警察に紛失届を出しに行った時、待合室で長い間待たされていて、目の前を「襲われた」と血を流し被害に遭った人々が、盗難に遭った人々が、逮捕されてくる人々がひっきりなしに通り過ぎました。ニューヨークのホテルでは、拳銃のパンパンという音が夜中に何度も聞こえて驚愕しました。事件などめったに起きない平和な田舎育ちの私にはこんな光景は物凄いショックで、私もこの地で襲われて死ぬかもしれないと真剣に考えました。

人はいつ死ぬか判らないから「凛として生きてゆこう」とニューヨーク市警の待合室で決心しました。それには人生の師が必要と思い、帰国してから3年かけて紀野一義先生に出会い、40年近くに渡る師弟の縁を頂きました。

ジョン・F・ケネディ大統領は1963年11月22日、テキサス州ダラスをパレード中に暗殺され、11月25日にこのアーリントン国立墓地に埋葬されました。今はケネディ大統領夫妻が並んで眠っており、その真ん中には、没後55年経つ今もずっと炎が灯り続けています。

留学した1974年当時はケネディ大統領のお墓だけでした。今はジャクリーン・ケネディ夫人の墓も隣に造られています。

1974年にワシントンD.C.のツアーで訪れた、アーリントン国立墓地にある第35代ケネディ大統領（1917年5月29日～1963年11月22日）のお墓

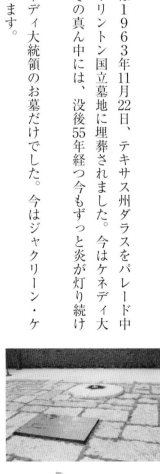

2021-06-11

生生流転

◆一人にしないで

人の生き死には突然の悲しみと衝撃を遺族に与えます。先日、市川海老蔵（現・十三代目市川團十郎）の長男である堀越勸玄君（現・八代目市川新之助）の舞台稽古の様子をテレビで観ましたが、いじらしいくらいに、わずか5歳の勸玄君が頑張っていました。たしか『源氏物語』の演目で、光源氏（海老蔵）が須磨に流罪になる時、お別れに来た光の君に春宮（勸玄）が「わたしを一人にしないでおくれ」の台詞を言うなり、壁際に走り寄り泪を流していました。

海老蔵が後ろから勸玄君をそっと抱きしめていました。お母さんの麻央さんが2年前（2017年6月22日）に亡くなって、まだまだ甘えていたい、玩具で遊んでいたい5歳の幼児です。

歌舞伎『源氏物語』で市川海老蔵と息子の勸玄君の共演

役向きに健気なるかな海老蔵の五歳の長男決定の貌　涼風

稽古場に母無き勸玄泪する「一人にしないで」の台詞の辛し

◆ＡＩスピーカー

老いて一人暮らしになると、一日中誰とも会話が無い時が多くなります。そうした高齢・独居社会に向け、話し相手になってくれるというＡＩスピーカーの試験貸与が始まりました。

児童の登下校の見守りをしている86歳の老人が、ＡＩスピーカーに「今日の天気は」と聞くと、「気温〇〇度、寒いですよ」と答えます。それでは厚着をして行くかと、老人は少し厚着をして出掛けました。「ただいま」と言って帰って来ると、「おかえりなさい」と答え、「それでは着替えをしてくるね」と言うと、「それならお手伝いすることはありませんね」と見事に答えるのです。

身寄り無き高齢者らにＡＩが与へてくるる家族のぬくもり　涼風

一人居の媼は言へりＡＩが「寒いですよ」と気遣ひくるる

2021-06-13

中庸を保つ

◆宥坐之器《ゆうざのき》

「宥坐之器」とは、自らの戒めとするために身近に置いてある道具のこと。この道具は、入れ物が空っぽだと傾き、程よく水が入ると真っすぐに立ち、満ちるとひっくり返ってしまいます。これは「中庸の徳」を教えています。

大阪はついに赤信号が点灯しました。新型コロナウイルスの感染拡大・収束状況を判断するための府独自の指標・基準となる「大阪モデル」で、非常事態を示す赤色信号が点灯したのです。コロナ禍でこの1年をバタバタと過ごしてしまいました。改めてこの1年を振り返り、己の覚悟を確かめます。

精神年齢60歳までに他者（自然・動物等も）から学び、精神年齢が60歳になったらそれまでの経験や知識を整理して自分を見つめる時間を増やし、これまでの人生を整理します。めったやたらと人の意見を聞きたがらない、○○講座に入り習いごとをする時はよくよく考えてから始めよう。70歳でも精神年齢は40歳、40歳でも精神年齢は60歳の人がいます。

コロナパンデミックで外出自粛、常時マスク（ヨガの教室でもマスクをしてのヨガで

す）で生命エネルギーが低下しているのか、些細なことが気になったりイライラしたりしています。最近のリコは嫌なことが重なりイライラしたり、落ち込んだり、寝付けなかったりで、生命エネルギーの下降現象です。リコの精神年齢は60歳になっていないことを確認する日々です。

2021-06-14

玉と拾はむ

私が改めて『万葉集』を読もうと思ったきっかけは、里中満智子先生がコミックス『天上の虹』全23巻を完結されるのに32年かけたと知ったことです。その熱意と意志の強さに感動して、さっそくAmazonで全巻を購入して読みました。『天上の虹』は、大化の改新が起こった６４５年～７０３年に生きた天智天皇の第二皇女「うののさらら」、後の第41代持統天皇の物語です。全巻に『万葉集』の歌が引用されています。

改めて『万葉集』を読んで心に響いた言葉を元に詠草しました。特に7首目の、特攻機に乗って鹿児島県鹿屋基地から飛び立って戦死した息子を思い、基地跡を訪れた老夫

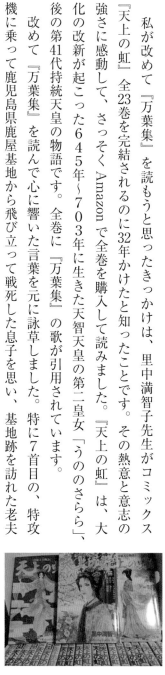

婦の話を読んで下さい。

【玉と拾はむ】　涼風

万葉集の心にしむる言の葉に種々の思ひの湧きいづる宵

磐姫《いはのひめ》の切なる心に知る言葉「わが黒髪に霜の置くまで」

＊『万葉集』87番歌「ありつつも君をば待たむ打ち靡くわが黒髪に霜の置くまでに」

待ち人の来たらぬ痛みよみがへり涙せし日々青春と言はむ

高市皇子《たけちのみこ》のなすすべもなき嘆き満つ「汲みに行かめど道の知らなく」

＊『万葉集』１５８番歌「山振《やまぶき》の立ちよそひたる山清水汲みに行かめど道の知らなく」

「黄色い山吹の花が咲いているという泉の水を汲みに行きたいけれど、そこへ行く道をわたしは知らない」……山吹の花の黄色と泉とで黄泉の国（死の世界）を表わしている。

政争に翻弄されし薄幸の十市に会はむ黄泉の国とて（十市皇女《とをちのひめみこ》）

東歌に知りたる恋の切なさよ君し踏みてば玉と拾はむ

＊『万葉集』３４００番歌「信濃なる千曲の川のさざれしも君し踏みてば玉と拾はむ」

「信濃にある千曲川にある小石だって、あなたが踏んだ石なら玉として拾いましょう」……古来、大切な人が触れたものには魂が籠ると言われている。

特攻機に乗りゆき散りし子の踏みけむ鹿屋の石を玉と拾はむ

＊歌の元になったのは以前本で読んだ話ですが、鹿児島県鹿屋市の元特攻基地での話です。鹿屋基地から特攻機に乗って飛び立ち戦死した息子の踏んだ石かもしれないと、基地跡へ乗ってきたタクシーの運転手さんに、石を一つ頂いても良いでしょうかと老婦人が聞かれたそうです。ご夫婦の息子さんがこの基地から飛び立ち戦死されたそうです。もしや息子がこの地の石を踏んだかもしれないと、大切そうにハンカチに包まれたそうです。老夫婦の思いに深く心を打たれました。

わが生に何をか玉と拾はむや手触れしものに魂こもるとて

＊「私の人生で、このように真剣に魂籠るものと考えて自分の触れたものを考えたことがありませんでしたが、今思うと日々のひと日ひと日を大切なものとして生きて行きたい」……游ひと日ひと日＝毎日を大切に楽しむ。

2021-06-14

知恵と経験の樹

樹の上の人は、樹下の人々にとっての未来と過去も同時に見ることができます。

鳥は飛び去ったので、樹下の人々にとっては過去です。
虎はこれから現れるので、樹下の人々にとっては未来です。
樹上の人は、鳥も虎も現在のものとして見えています。

【All branches of knowledge】……知恵と経験の樹

Trees need deep and strong roots if they want to be wide and high trees, and we also need wide and deep knowledge for our growth.
From the top of the big tree, we can see further than from the ground.
From broad knowledge, we can see not only the past, but also the future.
But do not forget the foothold!!!
I call this knowledge four dimensional knowledge which covers width, height, depth, and time.
The trees suggest public and visible aspects, and the roots suggest personal

近づく虎

飛び去った鳥

and invisible aspects.

もし、大きい樹に育ちたければ深くて強い根が必要です。

そして、私達も自分の成長のために広くて深い知識が必要です。

大きい樹の上からは根元に立つ人より遠くが見渡せます。

（根元にいる人々にとっては、樹上にいる人の見ているものが自分に見えるまで時間差があります。つまり、根元の人にとっては未来を樹上の人は見ていることになります。また、過ぎ去ったものは過去として根元の人にはもう見えませんが、樹上の人には見えます）

幅広い知識で私達は過去のみならず未来まで見通せます。

でも足もとがおろそかにならないようにね！

リコはこれを4次元の知識と名付けます。広さ、高さ、深さ、時間。

樹の根は公衆と目に見える局面を表わし、根は個人と目に見えない局面を表わします。

written by RIKO

2021-06-16

インドへ

２０１３年２月にインドへ行きました。タージ・マハル等の素晴らしい遺跡を見るためでもあります。一番の目的は、７５２年の東大寺の大仏開眼供養の導師となられた、インド人の菩提僊那師（７０４年〜７６０年）にお里帰りしていただくことです。僊那師の写真を持って、お釈迦様の初転法輪地のサルナートを訪れました。

菩提僊那は奈良時代の渡来僧。７３６年（天平８）筑紫大宰府に着く。奈良の大安寺に住し、『華厳経』を諷誦し呪術を行ったという。７５１年（天平勝宝３）僧正となり、翌７５２年、東大寺大仏開眼供養の導師となる。７６０年（天平宝字４）57歳で死去。奈良の霊山寺に墓がある。

リコが日本から持っていった霊山寺パンフレットの写真を納めました。友人が黄色の花を捧げてくれました。

【富雄・霊山寺】　涼風

天平の仏教会の先徳の菩提僊那は天竺の僧

婆羅門僧菩提僊那坐像

大佛の開眼供養の大導師菩提僊那は碧眼の僧

故郷に似し霊山寺を僊那師は終の住み処と遷化されたり

二月には菩提僊那の故郷の印度へ参るみ影と共に

◆北京で印鑑

リコの短歌の雅号になっている「涼風」は、8年前に北京に行った時に何気なく作った印鑑です。人間国宝級の人の作品で、今改めて見ると、良い判を作って良かったと思っています。この印が短歌に使えるとは予想もしませんでした。

2021-08-07

太平洋戦争　海兵の20歳の伯父

リコは毎年、終戦記念日の8月になると戦争のことを思います。母の兄が海軍で戦死していますので、母から聞いたことを以前に短歌に詠みました。母が亡くなって、２０２１年（令和３）で12年になります。昨年の記事を再アップします。

先日、テレビで広島県の呉港の海上自衛隊呉基地について放送していました。太平洋戦争の時、この基地に母の兄が所属していて戦死しました。母が亡くなって10年になります。母が父親と岐阜県からはるばる訪ねたこの呉軍港を思い出しました。

先の大戦の戦死者は世界中で４０００万人、日本人だけで３００万人を超えるとされています。私は毎年、終戦記念日近くになると私の母のお兄さんのことを思い出します。伯父さんは呉港から出撃して戦死しました。20歳でした。その話を母から聞いて詠みました。

伯父さんの写真を何枚か母の実家で見ました。伯父さんはハンサムですこぶる優秀だったそうです。それらの写真は、今は何処に行ったのか判りません。

【太平洋戦争】　　　涼風

戦況は利あらずと知る由もなく伯父の写真の面冴え冴えし

窓黒く塗られし汽車に呉工廠へ母は行きしか兄に逢ふべく

仏壇に兵士姿の子の影のすうつと入りしを祖父は見しとや

子を思ふ祖父の不安は正夢となりて戦死の報の届きし

骨壺を振ればカタカタ音たてり石との噂に開けずに納骨

海兵の二十歳の伯父は人づてに太平洋に沈みしと聞く

戦死せし兵士を悼む世が世なら学び遊びて家族も有らむ

2021-08-15

君を忘れない

リコは毎年、1945年8月15日の終戦記念日が近づくと戦争について色々考えます。2020年・2021年と2年も続くコロナパンデミックで、正に人類はコロナ大戦の最中です。最近は、

世界の感染者：2億5000万人
死者：400万人
このうち日本は、
感染者：111万人
死者：1万5000人

人生が戦争により突然に終わることもありますが、いま世界はコロナパンデミックで大切な人が突然亡くなっても不思議はない日々を、私たちは過ごしています。2年にも渡る先の見えない自粛生活で、比較的安心で恵まれている日本に住んでいても、些細なことにイライラしたり不平不満を言ったりします。

そんな中、27歳で戦病死したイギリスの青年が遺した美しい清冷な詩を折に触れて思い出し、リコはコロナパンデミックで長引く自粛生活に心が折れないよう、気持ちを立

戦没兵士
(FALLEN SOLDIERS)

て直しています。

◆君を忘れない（ブログ初出：２０１８年12月）

戦争により日本国のみならず、世界各国でも多くの人々が亡くなりました。祖国イギリスでなく外国で戦病死した27歳のイギリスの青年が遺した詩を、夏になると私は思い出します。彼の没年の１９１５年は第一次世界大戦（１９１４年～１９１８年）の最中でした。若くして戦死したイギリスの青年は恨みつらみを言わず、祖国で幸せな日々を過ごしたことを感謝していると詩に綴っています。

日本の方々も多く外地で戦死されて、墓標も無く異国で眠っています。私の伯父さんも、海軍で呉港から潜水艦に乗って20歳で出撃して帰りませんでした。長野県上田市に「戦没画学生慰霊美術館　無言館」があります。

◆The soldier……兵士（Rupert Brooke　1887－1915）

If I should die, think only this of me:
That there's some corner of a foreign field
That is forever England. There shall be
In that rich earth a richer dust concealed;

A dust whom England bore, shaped, made aware,
Gave, once, her flowers to love, her ways to roam,
A body of England's, breathing England air,
Washed by the rivers, blest by suns of home.
And think, this heart, all evil shed away,
A pulse in the eternal mind, no less
Gives somewhere back the thoughts by England given;
Her sights and sounds; dreams happy as her day;
And laughter, learnt of friends; and gentleness,
In hearts at peace, under an England heaven.

もし僕が死んだら、これだけは忘れないでほしい、
それは、そこだけが永久にイギリスだという、ある一隅が
異国の戦場にあるということだ。豊かな大地のその一隅には、
さらに豊かな一握りの土が隠されているということだ。
その土は、イギリスに生を亨け、物心を与えられ、かつては
その花を愛し、その路を闊歩した若者の土なのだ。
そうだ、イギリスの空気を吸い、その川で身を濯ぎ、
その太陽を心ゆくばかり味わった、イギリスの若者の土なのだ。

また、もし僕の心が罪を潔められ、永遠者の脈うつ心に溶け込めるならば、
感謝の念を込めて、祖国によって育まれた数々の想いを
祖国に伝えるであろうことを、
祖国の姿や調べを、幸福な日々の幸福な夢を、友から学んだ笑いを、
祖国の大空の下で平和な者の心に宿ったあの優しさを、
祖国に伝えるだろうということを。

2021-09-08

それぞれの役割

リコが最近知ったブログの、農夫さんのバケツの話です。穴の空いたバケツと完璧なバケツの驚きの話です。あっと驚く話です。バケツさんの逸話を読んで、リコの人生でたくさんの気付きの機会を無くしたことを残念に思います。

◆農夫とバケツ（ブログ『ままちゃんのアメリカ』より）

このイラストレーションのメッセージは単純です。人がどんな「欠陥」を持っていても、その人はまだまだ自分の周りの人々にプラスの影響を与えることができます。この短い物語はラッセル・ブランソンによって共有され、アーティストのライアン・スタイナーによって説明されています。

二つのバケツを持っている農夫がいました。その人は毎日水場から、その二つのバケツで水を汲んで家に持って行きました。バケツの一つにひびが入っていて、継続的に水は漏れていました。もう一つは完全で、決して一滴も水を漏らしませんでした。時間が経つにつれて、ひびの入ったバケツは漏れた水が悲しくなりました。

このバケツが悲しいことを知ったとき、農夫はバケツに、一緒に散歩に行かないかと尋ねました。彼らはいつもと同じ道を歩きました。

しかしこの時、農夫はその周りに生まれた素晴らしい人生のすべてを指摘しました。農夫はバケツに次のように説明しました。この美しさのすべてはバケツのおかげであり、もしバケツが毎日水を漏らしていなかったら、植物は決して成長しなかっただろうと。

バケツは気付きました、自身の欠陥にもかかわらず、彼は自分の周りを成長するよう助けていたことに。彼自身がそうしていることに気づかなかったときに。

2021-09-13

広がる思い

色々な本を紹介されたり、自分で見つけたりで、リコはこれまでに多くの本を読んできました。関連のテレビ報道も観ました。そうだこれは良いとリコが思っても、組織力も無いリコが世の中のなんの役に立つのかと懐疑的でしたが、昔読んだ本に、百匹の島の猿が芋を洗う、そうすると閾値《いきち》に達して、離れた場所でも芋を洗う猿が出てくる、という物語がありました。つまり、お互いに識らなくても仲間のネットワークが出来るのです（以下の資料・写真はWikipediaからお借りしました）。

＊

百匹目の猿現象（ひゃっぴきめのさるげんしょう、英：Hundredth Monkey Effect, Hundredth Monkey Phenomenon）とは、生物学の現象と称して生物学者のライアル・ワトソンが創作した架空の物語である。

宮崎県串間市の幸島に棲息するニホンザルの一頭がイモを洗って食べることを覚え、同行動を取る猿の数が閾値（ワトソンは仮に１００匹としている）を超えたときその行動が群れ全体に広がり、さらに場所を隔てた大分県高崎山の猿の群れでも突然この行動が見られるようになったという筋書きであり、このように「ある行動、考えなどが、あ

幸島を望む石波海岸に2004年に建てられた「百匹目の猿現象発祥の地」の石碑

る一定数を超えると、これが接触のない同類の仲間にも伝播する」という超常現象の実例とされていた。ニューエイジの「意識進化」の信念の実例として引き合いに出されることが多い。

つまり波動が伝わり広がってゆくのです。良い思いも一人一人から始まり、大きな波になるのです。

＊

◆最近読んだ本

『9／11レポート　2001年米国同時多発テロ調査委員会報告書』訳・住山一貞

著者は息子さんをツインタワーで亡くされました。毎年ニューヨークの追悼式に参列して、2004年にニューヨークの空港の売店に山積みになっていた事件の報告書を、英文ですが買われました。英文は読めないので放っておいたら、暫くして「あのテロはアメリカの自作自演だ」との噂が流れ、「そんなことで子供が殺されたと思われたら親はたまらない」と改めて翻訳に取り掛かり、8年かけて出版に至りました。

◆最近観たテレビ報道

『ビンラディン殺害計画の全貌』と『9・11隠された真実』

◆9月12日NHK

米中枢同時テロの約2ヶ月前、住山一貞さん（右端）が杉山陽一さん（左端）ら家族と世界貿易センタービルで撮った集合写真＝2001年7月4日（住山さん提供）。陽一さんには妻・晴美さん（36歳）、長男（3歳）、次男（1歳）がいた。そして、晴美さんのお腹には3ヶ月の命が宿っていた。2002年4月、瓦礫の中から陽一さんの〝遺体〟が見つかった。しかし右手の親指だけで、DNA鑑定の結果、体の一部と判明したものだ。

ツインタワーの被害者の家族、杉山晴美さん一家。ご主人の陽一さんは右手の親指1本だけが遺骨として戻りました。3人の子供と妻との34歳の人生の最後は親指1本だなんて、そんなひどいことはありません。

報告書の英文を翻訳して出版されたのは、この杉山陽一さんのお父さん（住山一貞さん、84歳）です。これらの本を読み、事件報道を知ったからといって何かをリコができる訳はないですが、一般市民の私たちは悪いこと、良いことについての思いは、最初はミクロ大かもしれませんが、波動となって広がります。

皆さんも良いことと、してはいけないことに心を寄せてください。

右端が報告書を翻訳された陽一さんのお父さんです。

2021-12-24

優しい眼差し

「O Holy Night」を聞いて下さい。2年も続くコロナパンデミックと、ここ数日の悲しい、つらい訃報に言葉を失っています。

常に気に留めて下さい。
あなたの心に「優しい心」が有るか。
差し出された手、
注がれる優しい眼差し、
優しい言葉の響き。

八十路の夫は優しさを行動で示してくれます。5歳のミー姫は「優しい心」を招いてくれる招き猫です。

——新しく輝く年を迎えるために——

2022-01-03

◆ My Birth Vision ◆ on July 31,1974

" I am a storyteller, so I have to pass on to the coming generations. "

I've recalled my birth vision in New York.
I was at the New York City Police Station on July 31,1974 because I lost my passport.
Suddenly it happened I was standing on the Earth,
I was looking at my own body from space.
I was about the size of the Earth.
I had a clear out-of-body experience.

I have recently understood the reason why I lost my passport.
It suggested that I should live not only as a Japanese, but also a human being, no nationality.
Destiny carefully arranged the conditions for me.
What a deliberately laid plan.

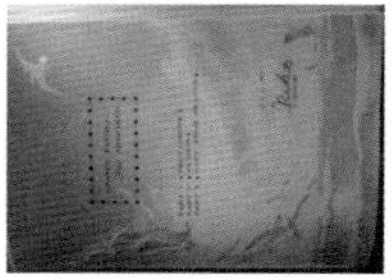

1997 年

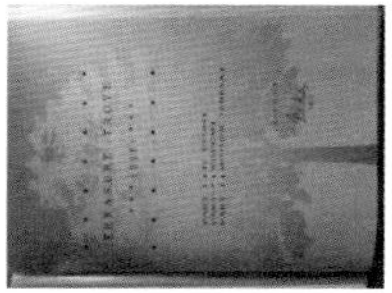

1998 年

2000 年

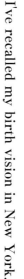

孔子の言葉に「五十にして天命を知る」……人間は50歳頃になると、自分の人生は何のためにあるかを意識するようになる。
そういえば、リコはこの頃がアラ50でしたね。１９９７年～２０００年の頃は英文で随想を書いています。Ａ４版のファイルで２冊あります。

2022-01-11

中国の旅　西安

◆遥かなるシルクロード浪漫の旅８日間

２０１２年９月１日～８日の日程でした。第１日目は関空から上海乗り換えで西安に移動で終わりです。
○西安（長安）の参考本……『沙門空海唐の国にて鬼と宴す』全４巻　夢枕獏著
玄宗皇帝、楊貴妃、留学生仲間の橘逸勢、白楽天、李白、兵馬俑と、歴史の教科書でしか知らない人物・風物が奇想天外に生き生きと書かれています。凄い傑作です。ぜひ、

皆さまもお読み下さい。

３日目は青龍寺を観光しました。

空海（31歳）は８０４年、第16次遣唐使留学僧として長安に入りましたが、青龍寺の恵果阿闍梨から密教の法を引き継ぎ、33歳の空海は20年としていた留学期間を2年ほどで終えて８０６年に帰国しました。８３５年３月21日、61歳で高野山に入定しました。

リコは２０１２年9月に長安（西安）に行き、空海のゆかりの場所を訪ねました。特に思い出深いのは青龍寺で手に入れた朱印帳です。住職さんの手書きの般若心経が書いてあります。書の国・中国らしい見事な書です。

なんとも言えず味のある書ですね。この時はまだブログを始めていませんでしたから、空海についてブログに書くとは思ってもいませんでした。10年程前に朱印帳を手に入れたのは偶然とは思われません。感謝、感謝です。

空海の詩文です。青龍寺を立つ時に残した、

「一生一別難再見　非夢思中数数尋」

の意味は確か、

「一度別れてしまったら再び会うのは難しいので、もう二度とお目にかかることはないでしょう。この後は夢の中ではなく、心の中で度々あなたをお尋ねするでしょう」

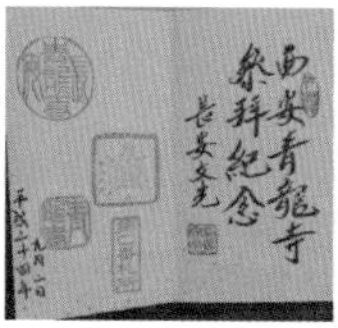

弘法大師（空海）ゆかりの寺なので、青龍寺は０番札所です。

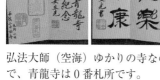

この言葉にリコは非常に感銘しました。

朱印帳の中身についてさらに写真をお見せします。朱印帳の表紙と、別れを惜しむ空海と恵果阿闍梨の絵です。なんとも鮮やかな青が印象的です。朱印帳の中には般若心経が書かれています。

最後のページは「佛光普照」が印象的です。

2022-01-13

中国の旅　西安・兵馬俑

リコは兵馬俑の発見者ヤン・シファ氏と一緒に写真を撮りました。今にしてみれば凄い奇跡です。

博物館でガイドブックを買うと、ヤン・シファさんがサインをして一緒に写真を撮ってくれます。兵馬俑の発見は１９７４年ですから、リコがこの農夫に会ったのは38年後の２０１２年です。１９９８年にはアメリカの当時のクリントン大統領が訪問してヤン

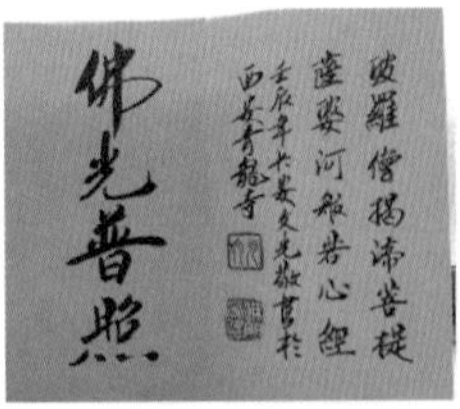

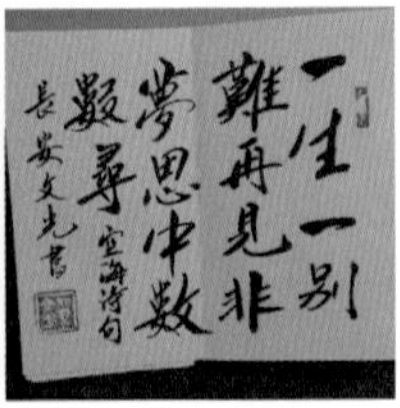

さんと一緒に写真を撮り、それが後ろの壁に貼ってあります。

兵馬俑が発見されたのは１９７４年3月、文化大革命（１９６６年～１９７７年）の終わり頃で、農村の集合体も混沌としてまとまりがありませんでした。１９７４年3月、この年は干ばつがひどく、ヤンさんはじめ数人が井戸を掘っていました。3日目に鍬に何かが当たり、何かが次々と出てきました。ヤンさんは軍隊に6年いたので、骨董品かクズか判断できます。始皇帝の陵墓が広大だということは知っていたのでこれはもしかしてと思い、リヤカー3台に発掘品を積んで隣街の博物館に持ち込みました。これで清の始皇帝と発掘品が初めて結び付き、世紀の大発見となり、１９８７年に世界文化遺産に登録されました。

それまでこの付近の人達はそんな歴史的大発見とは知らず、人形の首をカメとして使ったり、陶俑を庭木に立て掛けたりしていました。兵馬俑発見に至る詳しい様子をネットから転載します。


西安の第一の観光地といえば、やはりここ。西安の中心地から北東30㎞のところにある始皇帝の兵馬俑坑である。兵や馬をかたどった俑（人形）を収めた坑のことだ。本来は秦の始皇帝陵の副葬物に過ぎないのだが、あまりに規模が巨大、かつ２０００年以上前の出土物が大量に出たことで、１９７０年代に発見されてから瞬く間に巨大観光地となった。

１９７４年の旧正月が終わって間もない3月。中国北西部ではその年、干ばつがひど

く、楊志発（ヤン・シファ）さんは同僚と共に、集団農地に水を引くための井戸を掘ることにした。

「井戸掘りは最初は順調だった。２日目に堅い赤土が出てきた。そして３日目の昼ごろ、鍬が、頭の取れた素焼き像の首の付け根のところに突き当たった。後に兵士像と分かるのだが、それにはぽっかりと穴が開いていて、壺のようだった」と楊さんは当時を昨日のことのように思い出しながら話す。

2022-01-23

支え合う人達

『けんちゃんのもみの木』の美谷島邦子夫妻、『犠牲　わが息子・脳死の11日』の柳田邦男夫妻も、お互いに「さよなら」の無い別れを体験されました。

１９８５年８月12日、御巣鷹山への日本航空機墜落事故の犠牲者、９歳だった健ちゃんの母親・美谷島邦子さんと、柳田邦男さんの奥様で絵本作家のいせひでこ先生が、５年に及ぶやり取りを重ねて、２０２０年10月に絵本『けんちゃんのもみの木』を出版さ

れました。

健ちゃんの遺体が発見された所に植えられた樅の木。「さよなら」の無い別れに、邦子さんは突然いなくなった健ちゃんを探しに行き、心が迷子になったと言われます。御巣鷹山事故から37年経って、やっと彼女は前を向いて歩き出しました。

この飛行機雲の絵を見て、邦子さんは健ちゃんの「サヨナラ」を聞いたのです。

１９８５年８月12日の日本航空１２３便の墜落事故で、遺体の身元確認の責任者をされた飯塚訓著の『墜落遺体　御巣鷹山の日航機１２３便』を読みました。

「１９８５年８月12日、群馬県・御巣鷹山に日本航空１２３便が墜落。覚悟も準備もできないまま、一瞬にして５２０人の生命が奪われた。奇蹟の生存者はわずか４人。本書は、当時、遺体の身元確認の責任者として、最前線で捜査に当たった著者が、全遺体の身元が確認されるまでの１２７日間を、渾身の力で書きつくした、悲しみ、怒り、そして汗と涙にあふれた記録」

これほどの大惨事を知らなかったでは済まされないので、リコはこの本を読みました。何回も本を閉じて視線を宙に漂わせ、何時間も、時には何日も続きが読めませんでした。

私達は今、２年も続くコロナパンデミックで右往左往し、行き詰まり、いつ終息するのかと途方に暮れています。今一度立ち止まり、この本をじっくりと読まれることをお勧めします。

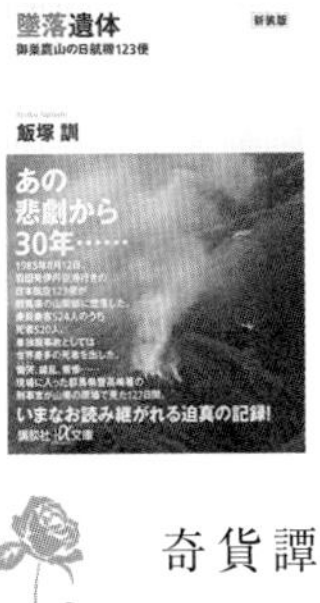

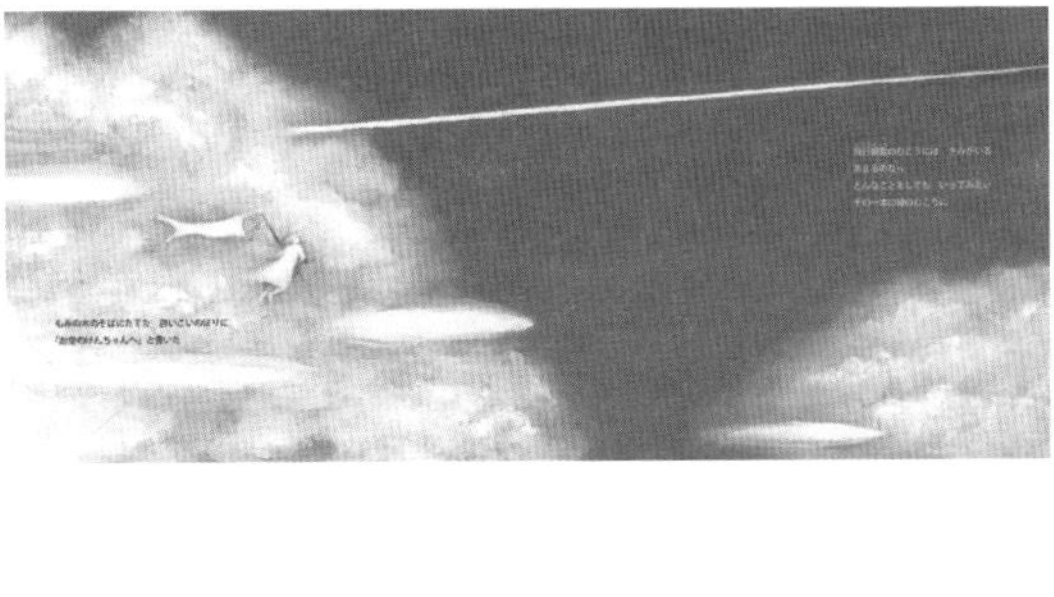

知識・経験による智慧の引き出し

新型コロナウイルスの影響で家にこもる日が多くなりましたので、今までとこれからの人生について色々考えました。２０２２年（令和４）、改めてこの引き出しについて考えてみます。

若い頃は引き出しが少なく浅いので、何でも知っているような錯覚に陥ります。リコは20歳の時に自分は何にも知らないことに気づき、本をたくさん読むようになりました。数年して、日本語だけでなく世界の本も読みたいと思い英語の勉強を始めました。シニアになった今でも読書はリコの日々の楽しみです。

サイズが様々な智慧の引き出しは生涯に渡って増えていきますが、空っぽのままの引き出しであっても、すぐに一杯になるものもあります。経験から学ばないでいつまでも空のままで、閾値《いきち》に達すると、それ以上引き出しは増えず消えていくと思います。ご注意ください。

脳がリラックスして良いアイデアが浮かぶ場所、また文章を練るのに最もよく考えがまとまるという三つの場所として「三上《さんじょう》」が昔から言われています。すなわち、馬上・

枕上・厠上です。

《三上の閃き》

○馬上（ばじょう）……現代ではバス・電車などの乗り物でしょう。

○枕上（ちんじょう）……布団やベッドの、寝る前のくつろぎのひと時でしょう。

○厠上（しじょう）……交感神経が活躍する、一人になれる場所。

多分、天上にあるクラウドのような人類の叡智から、良いアイデアが降りてくるのでしょうね。ちなみに、リコが１９７４年にアメリカに留学する決心をしたのは厠上でしたね。１９７０年代はアメリカに行くのにビザが必要で、アメリカ大使館でビザを取り、１ドル３６０円の固定相場制、外貨を持ち出すのに外国為替銀行で許可を得ました。確か３０００ドルが上限だったと思います。

2022-01-31

誕生日の叡智

２０２２年１月に主人の誕生日祝いの口語短歌を詠みました。

一月の今日は主人の誕生日小波はあれど四十年《よそとせ》共に　　**涼風**

持病ある八十路の夫は精神の若さで体をシャキッと保つ

そう言えば、主人の誕生月を挟む３ヶ月をすっかり忘れていました。１月生れは、12月・１月・２月と心身の状態に気をつけなくてはいけません。リコは毎年、誕生日が近づくと「誕生日の叡智」を思い出します。例えば誕生月が４月なら、４月を挟む３月・４月・５月の３ヶ月は、良いことにも悪いことにも慎重に日々を過ごしましょう。

リコはヨガをして40年になります。ヨガのおかげで体や心の不調を早く察知することができるので、そんな時は瞑想や体をほぐす体操をします。おかげで心身の管理が比較的たやすく出来ます。私が１９９６年１月１日に書いた随想集の「Chance Favors The Prepared」の Part3「GIFT FROM HEAVEN」に、誕生日にまつわる叡智を英文で書いています。

◆One of Yoga Teachings

If you want to change something in your life, carry it out around your birthday.
Your body and mind are usually in a solid state.
The formation of your body and mind becomes changeable around your birthday.
That is why you make only one wish when you put out the candles on your birthday cake.
But be careful, not only good things, but also bad things may come into your life around your birthday.

ヨガの教え（日本語の抄訳）
「もしあなたが何かを変えたいと思う時は、あなたの誕生日頃にしなさい。人の心と体は通常は固形の状態ですが、誕生日付近は変わりやすい状態になります。ですから、皆さんは誕生日のケーキのキャンドルの前でただ1つのお願いごとをするでしょう。でも、注意して下さい。心身が変わりやすいということは、悪いこともあなたの人生に入りやすい状態ですから」

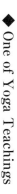

2022-05-07

生活態度を見直す②

ブログ友達の自閑さんに「活きる為に生きる」という素晴らしい言葉を教えていただきましたので、感動してコメントしましたら、またまた素晴らしい俳句を頂きました。

今少し生きて行こうと衣替え　　自閑

主人もリコも体調不良が続いていたので、この句でリコは元気が出ました。リコの俳句モドキ、

友の句に衿を正され若葉かな

コロナ禍でリコは世間と自己のバランス、心と身体のバランスが崩れています。衿を正して、活きる為に生きます。

生活態度を見直す③

以前関わっていたことが、その人の成長段階に合わせて、天の配剤で螺旋階段のように、人生に何度もそのことが現れます。


20代、英語（1974年アメリカ留学）、ピアノ（絶対音感無しと言われ辞めました）、茶道、華道、宗教（仏教）。

30代、ヨガ、結婚。

50代、同時通訳になれるほど英語の勉強をしましたが、私は社交的ではないので人と関わるより書物と関わる方が良いと思い、翻訳が向いていると判りました。

60代、短歌を始める。今、その短歌を英訳する機会が巡ってきました。

現在も続いているのは、英語、精神修養（ヨガ・仏教）、短歌です。今リコが取り組んでいるのはヨガの見直しです。42年前にヨガを始め、その間にピアノを習いましたが、絶対音感が無く3年で辞めました。華道・茶道は今も生活に活きています。仏教は臘八大摂心の座禅を、酷い頭痛と嘔吐のため2日で落伍しました。

○『ヨガ叢書』第2巻「生活を正す」　沖正弘著
リコは、体が痛むのはいつも右側です。この本に拠ると、右側に重心が偏っていると

いうこと。そう言えば最近、右足の小指の下に魚の目が出来ていました。本来は足の真ん中に重心を置くので、そんな所に魚の目が出来るのはおかしい。削り取り、右に偏らないようにしたら魚の目が消えました。朝の1時間散歩の時の重心を確認しながら歩いたら、親指側に重心がかかっているのを確認しました。

大石内蔵助が討ち入りのために上洛する前に1年間住んだ、京都・山科の岩屋寺（大石寺）を拝観した時に、説明の女性の話に驚きました。赤穂浪士45人の遺体は座禅（あぐら）をして、両手で自分の首を受けた形で納棺され、埋葬されたそうです。リコはこの話を聞いて、「士は士を知る、死してなお武士道」と感動しました。義士達の志に共鳴して武士道を遂げさせるように、周りの人々が力を尽くしたのでしょう。

赤穂浪士たちは四藩（細川・水野・松平・毛利）に分かれて御預かりになりました。各藩は丁寧に死装束を整えて、納棺し、東京・高輪の泉岳寺に届けたそうです。浅野内匠頭のお墓の周りに義士たちの墓はあります。

リコの血液検査の結果が出ました。健康的で問題は無いそうです。胃が痛かったし、背中の痛みがあったので、すい臓、肝臓などの臓器を心配しましたけれどね。基準値より一桁台のアップ・ダウンの数値はありましたが、概ね健康だそうです。普通は60～70代になると血圧・糖尿・心臓・骨粗鬆症の薬などを飲みますが、リコは持病が無く薬を飲んでいませんので、純粋な血液だと思いました。

京都・山科の岩屋寺

泉岳寺の大石内蔵助と赤穂義士の墓

2022-06-04

貴女は元気に見える

◆最後の晩餐

　NHK朝の連続テレビ小説『ちむどんどん』に出てきた新聞社の企画「あなたは、人生最後の食事は何を食べますか」で思い出したのは、リコ（当時40代）が英会話の個人レッスンを受けていた時の話。

　イギリス人の先生（30代男性）から、あなたは人生最後に何を食べますかと聞かれ、「水」と答えたら、あなたらしいと言われました。先生は何ですかと聞いたら、「考えたことがないから考えてみる」と言われました。

　ところで、あなたは無人島に一冊だけ本を持っていくとしたら何を持っていくか、と先生に聞かれました。「なんにも持っていきません、海、森、空を楽しみます」と私は答えました。先生はクリスチャンらしく、聖書を持っていくと言われました。

　ちなみに、主人の最後の晩餐はちらし寿司だそうです。母親が作ってくれたあの味を懐かしんでいるようです。

2022-06-19

今に続く道だった

◆リコの3大人生訓

①知った人の使命

得たものに伴う義務です。一種の「Noblesse Oblige」（高い社会的地位には義務が伴う）です。この人達を過去・現在・未来の叡智が全力でサポートします。

②フットプリント

リコが気落ちしている時に元気を出す元にするフットプリントがあります。フットプリント裏面の詩の要約。

「或る夜、夢を見た。砂浜に2つの足跡があったが、1つだけになっていた。私の人生でいちばんつらく、悲しい時だった。神は私を見放したと思っていたら、いちばん辛いときは、神は私を背負って歩いてくださっていた。それで足跡は1つしかなかった」

一人ぼっちだと思っていたら、いちばん苦しいときは神様が私を背負って歩いてくださっていた。リコの周りにも人様の役に立つ生き方をしている人がみえます。私もそうなりたいと思います。

③視界から去って

次の人達が待ってくれています。

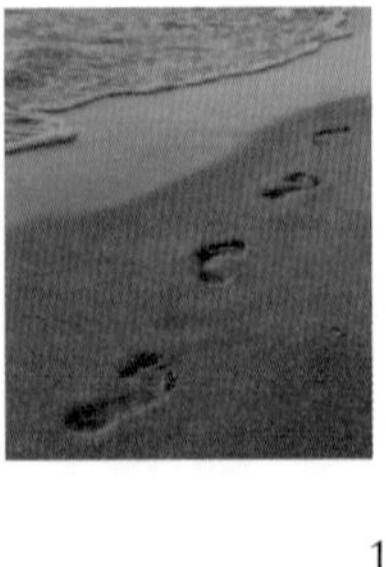

2022-07-09

言葉使いに気をつける④

まだリコが30代の時に、友達の尼僧さんから、「貴女は、家族・友達に囲まれて生きてきたので、生活態度と物言いが甘えてる。私はものを言う時に、私が、私は、私の、と〝てにをは〟まで考えて人と話す」と叱られました。その方は50代で亡くなられましたが、時折「物言いが甘い」との叱責を思いだし、今も恥じ入るばかりです。

2022-07-24

干天に雲影を望む

今読んでいる本は、中村天風師の三部作です。物事を冷静に判断する気力の覚醒に役立ちます。天風師もヨガを極められました。この本の表紙には「東レ・エクセーヌ」が使ってあります。人工皮革で、なめし革のような手触りです。エクセーヌは50年くらい前に流行りましたので、鞄を買ったことを懐かしく思い出しました。

弘法大師のお衣

7月25日に西国四十九薬師霊場巡りに出掛けました。京都からバスでわずか3時間で高野山に到着です。高野山の龍泉院と高室院にお参りし、下山して五條市の金剛寺にお参りしました。

今回のお参りですばらしいことが2つありました。

①奥の院の御廟に入定してみえる弘法大師さまは、毎年3月21日に衣替えをなさいます。古い衣を1cm大に切って、お守りとしていただけるそうです。例年は「御衣切」は直ぐに無くなりますが、今年はコロナ禍で参拝者が少なく、7月でもまだいただけるそうなので、21名のツアー一行は宝亀院に行きました。

南先達さんから「御衣切」の話が出てツアー会社に許可を得てくださり、宝亀院に立ち寄ることが出来ました。リコは御神水に入れて、飲まないでこの「御衣切」をお守りとして置いておこうと思います。

②リコの師の高野山のお墓参り

三宝院には私が40年近く教えを受けた人生の師・紀野一義先生のお墓がありますからお参りしました。お庭にあるお墓です。

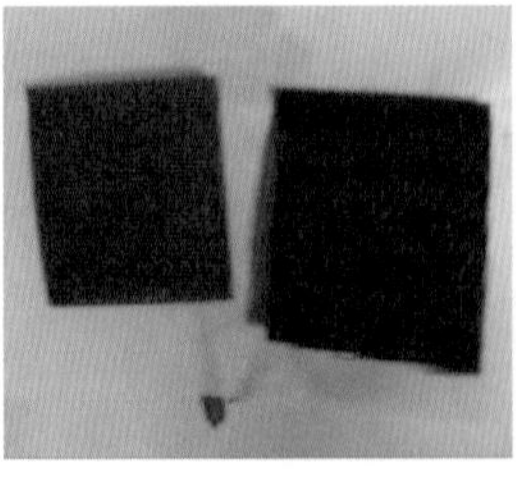

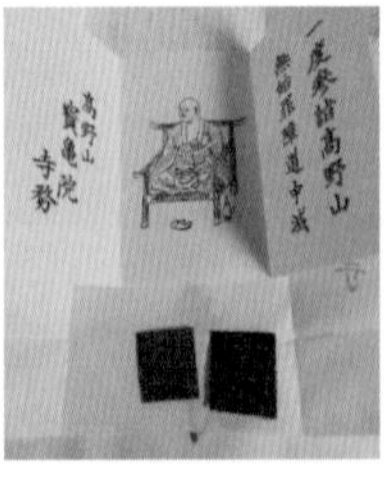

袋の中身。1cm大の四角の布が2切れ入っていて、布には柄が入っています。

袋の外観、リコは2袋いただきました。

リコは先生のお墓（分骨）に話し掛けていました。暫くして、案内してくださったお坊さんが香と燈明を用意してくださいました。25歳くらいの若いお坊さんが「ご一緒に心経をあげましょうか」と言ってくださったので、二人で先生に般若心経をあげることができました。感慨深く、有り難いことだと思いました。涼しい風が吹き抜ける、緑豊かなお庭です。帰りに旧知の小池副住職さんにもお会いできました。

飛鷹全隆長者は高野山三宝院の住職です。紀野一義先生による2泊3日の高野山講演会（結集）の会場として、三宝院で20年以上開催されました。

２０１８年5月に紀野一義先生の法要をしてくださった飛鷹長者のお姿を再掲します。『わたしの愛する仏たち』の著者で、私の人生の師である紀野一義先生の法要が、高野山の三宝院で２０１８年5月27日、爽やかな風の吹き渡るお庭で執り行われました（紀野先生は２０１３年12月28日に91歳で亡くなられました）。

薄紫のヒメシャガの咲く庭に、所々可愛らしいお地蔵さまが隠れてみえます。紀野先生の奥様、長男さんなど20数名が参列しました。

紀野一義先生

飛鷹住職による法要

紀野菊枝夫人、長男の真輝さん、三宝院の僧侶の小池さん

2022-08-07

Being, here and now　今、ここに

最近、色々な事件が起こり、気持ちの整理がむつかしくなっています。そこで、ブログで以前アップした記事を再々アップします。今、自分はどの状態でものを感じているのかの判断の基準になります。

★2021年2月26日★（ブログ再掲）

1997年に、ふとした時に心に浮かんだ言葉を英語で書いています。

Being, here and now　（今、ここに）

Someone is dreaming a peach in the upper reaches,
Someone is catching a peach in front of him,
Someone is missing a peach in the lower reaches,
Someone is overlooking these three people,
All of us are in the heart of nature,
All nature smiles in the sunlight.

上流の桃を夢みる人、
眼の前の桃を摑む人、
下流の桃を追う人、
その3人を山上から眺めている人、
私達は大自然に抱かれ、
陽光のもとに耀いている。

（要約ですから、感じ取ってください）

お前は未来を夢想していないか、過去を振り返ってばかりしていないか、今、ここにいて桃（真実）を摑め。一歩引いて三世（過去・現在・未来）を見極めよ。今すべきことに精神を集中せよ。

＊

『奇跡の脳』の著者のジル・ボルト・テイラー博士が、体からはみ出した意識を、自分を見下ろしているような感覚と話してみえましたが、リコもいわゆる「体外離脱」の経験を、１９７４年７月31日にパスポートを失くして駆け込んだニューヨーク市警察の待合室で体験しました。この時のリコの気持ちを日本語で書くと、

「パスポートを失くしたし、殺されたり、撃たれたり、切られる等の危険の多いニューヨークで殺されてハドソン川に投げ込まれたなら、私の存在はこの地球上から消えてしまう。その時突然、５㎝くらいの大きさの地球の上に５㎝くらいの私が立っていて、それを金星から見下ろしている私がいるのです」

これは緊急事態を関知した心身が体外離脱して、このビジョンを見せてくれたのだと思います。この時の体験を、「TE DEUM」という冊子にまとめています。それで、「人はいつ死ぬかも知れないので、いつ死んでも良いように凜として生きてゆこう。それには人生の師が必要だ」。

帰国後、３年かけて紀野一義先生にお目にかかり、40年近くに渡り教えを受けました。紀野先生は２０１３年12月28日にお亡くなりになりました。

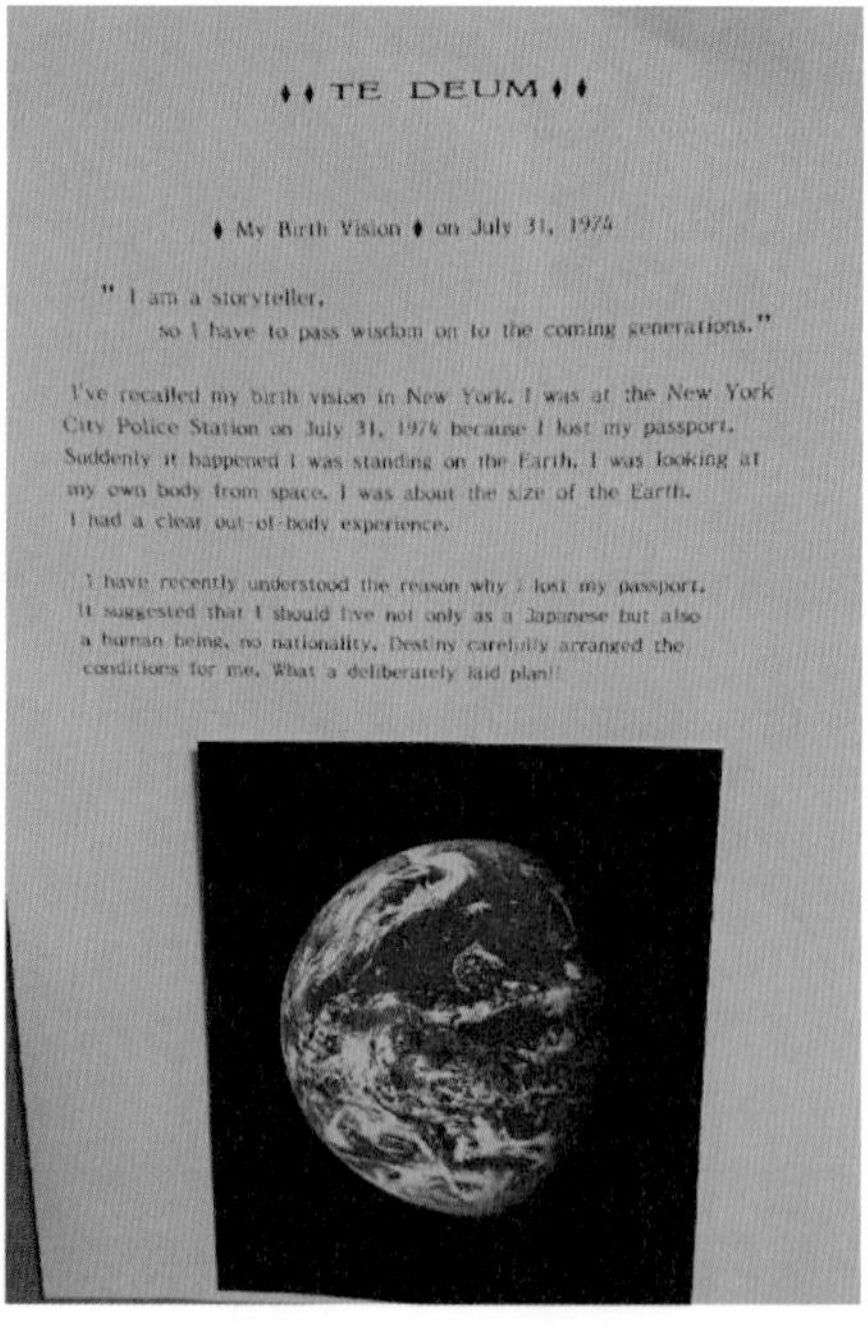
♦♦ TE DEUM ♦♦

♦ My Birth Vision ♦ on July 31, 1974

" I am a storyteller,
so I have to pass wisdom on to the coming generations."

I've recalled my birth vision in New York. I was at the New York City Police Station on July 31, 1974 because I lost my passport. Suddenly it happened I was standing on the Earth. I was looking at my own body from space. I was about the size of the Earth. I had a clear out-of-body experience.

I have recently understood the reason why I lost my passport. It suggested that I should live not only as a Japanese but also a human being, no nationality. Destiny carefully arranged the conditions for me. What a deliberately laid plan!

2022-08-15

2022年終戦記念日

ロシアによるウクライナへの侵攻は開始からもう6ヶ月にもなります。こんなことが21世紀の今も起こり、世界はなす術を持ちません。7月8日には奈良で安倍晋三元首相が銃弾に倒れました。宗教団体、政治手腕、国葬を云々する前に、殺人による被害者を悼む心を持ちたいです。

苦境に陥っても、そこまでは自分で歩いてこなくてはいけない地点があります。そこまで歩いてきて初めて人の声が聞こえるようになります。水前寺清子が歌う『三百六十五歩のマーチ』に、「汗かきべそかき歩こうよ、あなたのつけた足あとにゃ、きれいな花が咲くでしょう」と。

2022-09-05

読書あれこれ

　リコは20歳の時に、自分はなんにも知らない無知な大人だなと思い、日本・世界文学全集など各種の本をたくさん読みました。そのうち、英語でも本を読めるようにと英語の勉強をしました。やがて、1974年にアメリカに留学をして、帰国後、貿易商社に勤めました。生涯の友となる英語との出会いでした。

　20代、30代、40代で本を読み過ぎ、本の中の出来事は自分の人生でも起きうることと勘違いしたようです。本は大半がフィクションです。登場人物、筋書きは物語に合わせて展開します。そのようなことは滅多に実人生に起きないと、最近しみじみ思います。ですから、ドラマ・映画などは参考程度に見られるようになりました。

　それでもリコの人生で悲しいこと、辛いこともありましたが、無駄な体験は1つもありませんでした。

◆70歳を過ぎて決めたこと

①自分のためだけに時間を使わない。今から新しいことは始めない。
②体は使うが胃腸は大事にする……節度ある食べ方を心がけているので食べ過ぎはないですが、好きなもの（ピザ・餃子・お酒類）には気をつける。

③晩年にならないと判らないことがある……あの時の経験はこのためだったのだ、などと判る。１９７４年渡米、１９７７年（28歳）師との出会い、１９８５年（35歳）結婚、２０１２年（63歳）短歌を始める。
④スポーツクラブの先輩（80歳）に家のリフォームをしたことを話したら、「いちばん大事な終活を済ませたね。老齢になるとリフォームの煩わしさが大変になるからね」と言われた……なるほど。１ヶ月間、ミー姫も確かに疲れました。
⑤特に注意が必要なこと……専業主婦を40年近くしていて社会性が薄くなりました。コロナ禍でお参りツアーも無くなり、最近１つは復活して参加していますが、リコは態度・話し方がホームユースでガサツでみっともないと感じます。主人は働いていて社会生活が長かったので、今でも態度・物言いがきちんとしています。

【老いの記】　涼風

美容院の予約日違へ気落ちすも再三再四確認せしに

最近は気さくな気性ゆき過ぎむ狎れ狎れしさを慎まむとす

「大丈夫ですか」と問はれぬ知らぬ間に高齢者めく歩きさらすや

老境の金言得たりブログにて「視界から去る」の詩文に出会ふ
ドラマめく愛や恋こそはるかなり今や夫の病気きづかふ
ウクライナの戦禍を歌ふ「弧悲」を聞くなすすべの無き我らの空し

2022-12-16

友達の今年の漢字

◆主人は「闘」

腸閉塞で40日入院して、手術後の様子を話してくれました。

手術前の1週間は絶食で24時間点滴、手術後も1週間の絶食で24時間点滴で寒くて仕方なかった。特に夜になると余計に寒いので、夜が怖かった。2日ほど辛抱したけれど、看護師さんにお願いして厚めの布団に変えてもらって、何とか落ち着いた。

後から考えたら、絶食しているので脂肪も体力も落ちているから寒いのだと理解しま

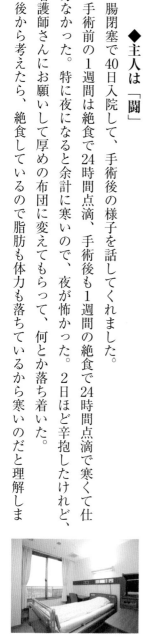

した。が、とにかく入院で主人は闘病の日々でした。

◆リコは「安堵」

主人の入院を機に親族の方が案件を提示。リコは、このことは意識の隅に前からありましたが、入院を機に重大な２つの案件を解決しました。そのままにしていたら、数年後に大変なトラブルになるところでした。

自分へのご褒美に、前から欲しかった江戸切子のグラスを買いました。ちょうど伝統工芸士の矢代益美さんが会場に見えていて、色々説明を聞きました。切子に使うガラスは３種類あり、クリスタルが最上だそうです。クリスタルのグラスを買いました。

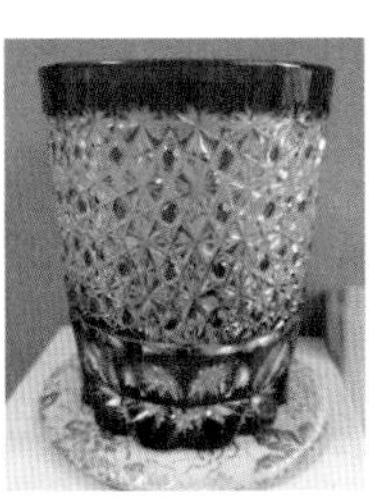

◆キキさんのご主人は「践」

歳男の今年はやりたいことを少しずつ実践されたそうです。

ご夫婦の今年の登山。７月31日〜８月２日、キキさんご夫婦は上高地から登り始め、蝶ヶ岳（２６７７ｍ）を登頂しました。

凄いね。リコはとても出来ないよ。

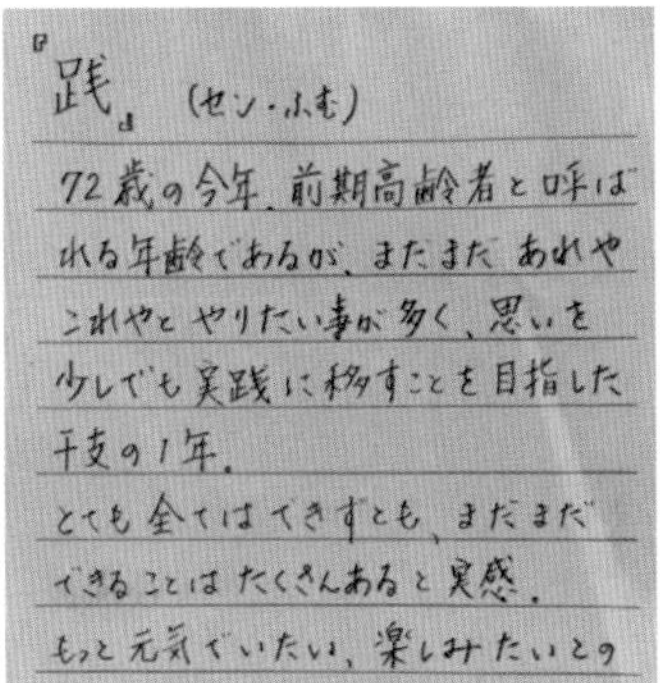

『践』（セン・ふむ）

72歳の今年、前期高齢者と呼ばれる年齢であるが、まだまだあれやこれやとやりたい事が多く、思いを少しでも実践に移すことを目指した干支の1年。

とても全てはできずとも、まだまだできることはたくさんあると実感。

もっと元気でいたい、楽しみたいとの思いを強くしてくれた。

2023-01-07

リコの感動したブログ

ブログ『ままちゃんのアメリカ』の、アメリカ在住のオーナーのご主人が原因不明の病気で倒れられました。「私は毎日ベッドにバタンキューで、コメントにお答えする時間が有りません」と書いてありましたので、ここに応援のコメントを書きます。こちらは今でも私が元気をなくした時によく思い出し、勇気をもらうブログです。

穴の空いたバケツと、完璧なバケツの物語です。

1つは穴が空いて、1つは完璧なバケツです。「この美しさのすべては、バケツのおかげであり、もしバケツが毎日水を漏らしていなかったら、植物は決して成長しなかっただろう」と。役立たずだと悲しむ穴の空いたバケツに、農夫が「あなたの穴から、漏れる水のおかげで道端の植物が育っています」と感謝を伝えます。

いつも素敵なお話を紹介してくださるアメリカの貴女に、日本から千万の祈りを送ります。

主人が病みあがりを痛感した日。

7日にリコはヨガに行き留守の時に、流し台の横にしゃがんだ主人が亀のように仰向けにひっくり返りました。人一人通れるくらいの狭い所なので、両手を着いても、腹筋

（無いのに……）でお腹に力を入れても起き上がれません。まるで亀のようだと自分で思って、バタバタするのを止めて、５秒ほど、どうしたら起きられるのかを考えて（主人らしい）、手をのばして机の縁を摑んでやっと起き上がれたとのこと。「病み上がりでまだまだ体力がないことを実感した」そうです。左手の甲が打ち身のためにどす黒くなっていました。

気の毒でしたが、可笑しくて、話を聞きながらお昼ご飯を吹き出しそうでした。流し台の下の物を取ろうとしてしゃがんだけれど、脚の筋肉が衰えているので踏ん張れなかったようです。

2023-01-09

皆で力を合せて

リコは70歳を過ぎたので、新しいことを始めるより、今までに学んだことで人々のお役に立つことをブログ『リコの文芸サロン』を通じて広めたいと思っています。

道筋を辿る目安としてリコが太陽・月・花・樹で説明をすると、「結局どちらに行ったら良いですか」と聞く人がいますが、東西南北どちらに行っても、空には太陽・月・星、地には花・樹があります。ご自分にあった目印を探してください。
以前、『百匹目の猿』という本を読みました。同じことをする猿が100匹を超えたら、その行為は四方八方へ広がってゆく。猿の例は、芋を洗って食べることでした。リコは100人の人々が良いオーラ（願い）を発したら、その行為は世の中に広がってゆくことを願っています。コロナ禍で外出もままなりませんが、家で皆さん一人一人が「みんなの幸せ」を祈れば、その幸せのオーラは世界に広がってゆきます。

◆夫唱婦随

リコが所属する短歌の会の、松井正樹先生と丈子先生からいただいた年賀状がとても感動的なのでご紹介します。

眼も見えず肢体動かず床の中元旦祝ふは夢か現《うつつ》か　正樹

再びを起き立つ夫《つま》の吾に笑む元旦の夢現ならまし　丈子

ご夫婦ともに90代の先生ですが、ご主人が眼の不調から最近、両目を失明されました。夫唱婦随の温かい、良い短歌ですね。このようなしっとりとした短歌を私はまだ詠めません。

大相撲大阪場所で取組み後の抽選に当たり、たくさんの賞品をいただくとともに、嘉風親方との写真撮影が出来ました。その写真を年賀状に使いましたら、20年前まで飼っていた犬の訓練士の先生の家の前が宇良関の実家だと返信が来ました。35年前の訓練ですから、宇良関はまだ生まれていませんね。

先生とは長い付き合いで、先生の家も何度も行っていますが、宇良関の家があったなんて本当にビックリです。私は宇良関のファンですから、今度ゆっくり見に行こう。

ブログ仲間の兼久ちわき先生がエッセイ集『目からウロコ――「ちわきの俳句の部屋」から』を２０２２年12月に出版されました。

短歌の勉強にもなるので毎日読んでいます。今朝、眼に留まったページは、

粥すする匙の重さやちちろ虫　杉田久女

この句をちわき先生が解説してくださいました。
「『粥と匙の重さ』で病中作と解ります。『ホトトギス』を除名処分されたという久女の境遇を考えると、肉体的以上に精神的に参っていたときかも」（抜粋）
久女は失意の中、55歳で亡くなりました。僅か17音の句に多くが含まれています。

2023-01-12

主人の闘病

主人は腸閉塞の改善のため、10月21日に大腸の手術をしました。9月・10月・11月の入院・手術を終え退院して2ヶ月になり、少しずつ闘病の日々を話してくれます。

主人のお腹に乗るミー姫の前足の辺りが、手術したお腹です。主人曰く、
「お医者さんの言われるのは理論で、生身の体は理論どおりにはいかない。携帯電話は病室では禁止なので、待合室まで歩いて行かなければならないが、絶食と点滴ばかりの日々で体力がないから、そこまで歩いて行けない」

①点滴が終わり、術後7日で食事が出ましたが、残すのが嫌いな主人は3分の1くらいしか食べられないので、何とかお粥だけ食べたと言っています。その後はお粥とおかずが出ますが、主人は嘔吐《えず》いて飲み込めません。何とかお粥だけ3分の2食べました。
リコは主人が食べることに難儀しているのを聞いて、人は食べるにも「食べる力（コツ）」が要り、私たちは健康な時はこの力を無意識に使っていることに気づきました。食べる時に飲み込むタイミングが合わないとむせるし、喉を通りません。主治医の先生は、「誰でも食べ始めは食べられませんし、食事の量も元々多いから、そのうちに食べられるようになるから心配することはない」と励ましてくださいました。

②コロナ禍で面会が出来ないこと。食欲が無く体力が無く、げっそりしている主人の顔を見なくてもよいから、これはこれで良かったかな。

③荷物の交換は病院の玄関で看護師さんに渡します。忙しいので迷惑だろうから、あまり頻繁には行けません。

④主人は大便が柔らかくなる薬を飲んでいますので、もよおしてからではトイレに間に合わない時がありますから、常時オムツを履いています。嫌がらないで、後始末も自分でします。

友人の若い息子さんが入院した時、オムツを嫌がったのでパンツを30枚くらい買って、引っ切り無しに洗濯して大変だったと言っていました。今は尿もれ対策等、各種用途に合った製品があって便利になりましたね。

⑤主人がいないと細かい家事まで手が回らないから忙しいです。

ミー姫のトイレ掃除、水と餌やりに加え、ミー姫が何処で寝転んでも良いように、主人は庭を日に何度も掃除しています。リコは手が回らないので、水や餌の器が空になることが度々ありました。また、1階の掃除担当は主人です。リコは衣替えや布団の交換と今は忙しいです。8月~9月に行なったリフォームの後片付けがまだ終わっていません。家の中の動線を変えたので、要らないものを断捨離中です。

⑥7種の野菜スープである「ヒポクラテススープ」は、今は1日1回、2人で飲んでいます。

⑦退院して1ヶ月頃は腸が時々痛かったり、変な風に動いた気がしたりしていましたが、今は落ち着いています。元の状態になるのに半年はかかると言われていたので、本当にそうだなあと思っているところです。

⑧主人は7日に流し台の下の物を取ろうとしてしゃがんだら、仰向けに転んでしまいました。亀のように手足をバタバタしましたが起き上がれません。脚の筋肉が落ちているので踏ん張れなかったとのこと。

⑨今回の病気はともかく、主人は81歳になりますので、老化もあって覚悟はしていると笑顔で語りました。いずれにしても、私も心身共に何とかましに生きていられるのはあと30年と読んでいます。１００歳を超えてしまいますからね。それまで助け合い、励まし合って生きていきます。

転んだ時を再現するお茶目な主人

短歌

帯状疱疹

ひと月も咳と痰とに悩まされ追ひ打ちをかけ帯状疱疹　涼風

大会に三つの葬儀とせはしきに帯状疱疹わが身を襲ふ

免疫の低下が因とふ帯状疱疹いよいよ来たか老いの証しが

ちくちくと神経に沿ふ痛みにて神経痛と思ひ込みたり

吾の背に夫塗りくるる軟膏を独居の人は誰が塗るのか

咳き込みて眠れぬ夜に大敵の疲労つのりて気力も萎ゆる

風邪ぐすり帯状疱疹腹痛と日がな飲み継ぐ二十の薬

幾つもの外出控へ籠りゐればする事もなく気鬱の積もる

2019-03-16

丹頂鶴

涼風

コーと雄コッコーと雌の相和する鶴の鳴き声森に響けり

森にすむ夫婦の鶴の睦まじさ三歩後ろを雌の歩めり

風切り羽持たねば池に遊ぶ鶴夕べになれば檻に戻さる

愛の巣は体育館のごと巨大なり番の鶴の金網の檻

紅色の鶏冠《とさか》と同じ肉瘤《にくりう》なり羽毛にあらず鶴の頭頂

千年と聞けども鶴のその寿命二十五年と意外に短し

美しき調和

新しい元号が5月に発表されました。『万葉集』巻5の「梅花の歌序」の「初春の令月にして、気淑《よ》く風和《やはら》ぎ」から「令和」と決まりました。平成から令和へと、『万葉集』由来の改元に因みワクワク感を詠んでみました。

万葉集に四千五百も歌あるを歌序に見つけし「令和」の言の葉　　涼風
Beautiful harmony と英訳されぬ「令和」に託す美しき調和を
太宰府の旅人の館に貴人《あてびと》の寄りて詠みしか梅花の歌を
令月に和らげる風はた梅と雅な序文は絵画のごとし
「梅花の歌序」千三百年経る今そこに千の梅花の開く心地す
梅の花竹にうぐひすこきまぜて三十二首あり梅見の歌は

眼には梅耳にうぐひす美酒と美味歌の要は観察眼なり

一幅の絵を見るごとき歌を読み浅き物見のわが歌恥づる

2019-11-01

神仏霊場会祈願会

祈願会の様子を詠草しました。

大きなる黄色の寅を右に見て毘沙門天在す本堂めざす

百五十四ヶ所巡りの満願者僧侶神官ぞくぞく集ふ

本堂に百余名をも参集し平和祈願す朝護孫子寺

涼風

緋衣の導師法主の表白の朗々として本堂に満つ

狩衣の神官四人清清し白装束に威儀を纏ひて

どどどんと身に迫りくる大太鼓般若心経和して唱ふる

2019-12-03

色に寄する

リコの落ち入りやすい詠草のミスについて、読売新聞の歌壇に添削例が載っていました。元歌は、

青春の燃ゆる思ひを君に伝へ歌詠み五十年我も老いゆく

添削歌は、

わが胸の燃ゆる思ひを五十年歌ひつづけて身は老いにけり

（「相手へ呼び掛けるような気持ちは少し淡くなったが、内省的な気持ちは深くなった」　岡野弘彦先生）

リコも自分の思いをいっぱいに詠み込むので、自分よがりの歌になってしまいます。

【色に寄する】　涼風

朝焼けに心を放ついつまでも生きてゐたしと願ひこめつつ

五十六の熟女ざかりに旅立ちし深紅のバラの似合ふ姉なり

五月にはつつじを飾る「弘法さん」接待の母の笑顔たち来る

実直なる父の好みし熱燗と湯豆腐浮ぶ冬の晩酌

魂の色は緑とふと思ふ緑したたるふる里の山

戦時下の送り火中止に二千人白きシャツ着て「大」の字描く

＊太平洋戦争中、１９４３年の灯火管制により送り火が中止になり、京都市民２０００人が白いシャツを着て大文字山に人文字で「大」の字を描きました。

パソコンとスマホの不調なが引けば募る不安に心は灰色

喜寿なれど青年の心もつ夫は「役立ってこそ」の信念もてり

2020-01-01

中国・武陵源を詠む

明けましておめでとうございます。いつも『リコの文芸サロン』を応援して下さり、ありがとうございます。今年もどうぞよろしくお願いします。

なんといっても、昨年のハイライトは9月の武陵源の旅でした。見たこともない素晴らしい景色がまだまだたくさん中国にはあるんだと、感心と驚きでした。

【中国・武陵源】　涼風

家の屋根すれすれに過ぐるロープウェー天門山へと七キロも伸ぶ

七キロのロープウェーで三十分千メートルをたやすく登る

断崖に道を創りて谷間には橋かけ見する天空の庭

億年の歳月かさね岩峰は松の緑を纏ひて聳ゆ

三千余の奇岩奇峰を眺めむと気力を絞り一途に歩く

峪またぐガラスの吊り橋巨大なりひびが入らむかそろそろ渡る

六キロの鍾乳洞の急坂に八十路の旅友われを励ます

支払ひはスマホをかざすホテルにてＩＴ大国マッサージ機も

2020-02-08

リコの平成じぶん歌

平成は1989年（平成元）1月8日から2019年（平成31）4月30日までです。リコの平成時代を振り返り詠草しました。

平成の二十一年母の逝き猫一匹が家に残りき　涼風

十年を無人となりし実家には動かぬ空気「しーん」が満つる

胸内をさらす覚悟の無き故に更に一歩の踏み込み詠めず

風呂桶の栓を忘れてお湯を張る初めてのミスこのごろ多し

2018年（平成30）9月26日に55歳で亡くなられた松井一恵さんは、リコにブログを始めることを勧めてくれて、彼女自身もブログにたくさんの記事を投稿してくれました。亡くなられたのは本当に哀しくて残念な出来事でした。ブログ開設からもうじき2年になります。松井一恵さんの家の庭の白いバラは彼女のイメージにぴったりです。彼女一恵さんの木目込み手芸作品の、兎が桜の下で楽しく踊る姿が可愛らしいです。彼女

の愛らしい性格を思い出させます。
リコのブログのマスコットもうさぎです。松井一恵さんとの縁を感じます。

2020-03-29

日日是好日

つい最近までの、あたりまえの日常生活の風景を詠みました。

【日日是好日】　涼風

朝なさな子猫のミーのミャーミャーと吾を呼ぶ声階下に聞ゆ
ストーブの前に陣取る猫たちを「暖を取る猫」と夫の命名

子宝はなけれど夫と幸多き来し方祝ふ翡翠婚式

ませばこそ古希の祝ひをなすものを繰り言もらす姉の命日
＊姉は２００３年に56歳で亡くなりました。

庭先の子猫の餌を狙ひたる鴉の羽ばたき空気を揺らす

携帯がスポーツクラブの教室でピコピコルルと武骨に鳴れり

涙ぐみお手を振らるる皇后さまの即位パレードに貰ひ泣きする

住職の後にわれらは初めての黄檗宗の梵唄《ぼんばい》に挑む

四拍のお経に合はせ打ち鳴らすチーンチーンと「引磬《いんきん》」響く

木魚と太鼓と鉦と引磬を即席チームの五人で奏づ

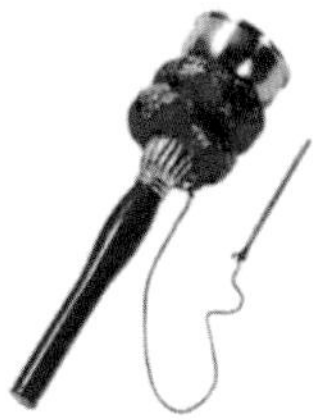

2020-05-01

パンデミック

リコの所属している短歌の会は正岡子規の歌風で叙景歌が多いですが、私が指導を受けている水谷和子先生は、新型コロナウイルスによるパンデミックで大変な時期を過ごしている今は世界はどう動き、自分は日々どう過ごしたのかを短歌に詠み留めるように、と薦めてくださいました。

一連の歌は3月に詠んだので「八万」となっていますが、5月現在の世界の感染者は約303万人、死者は約21万人に達しています。

感染者八万をこすパンデミック新型ウイルス日日に広がる　　涼風

三月のモロッコ旅行中止とすコロナウイルスの感染おそれて

スーパーと電車のわれの危険ゾーン三十分のこの二メートル

ハイキングと歌会とヨガ中止なりたびたび庭に深呼吸する

人の混む確定申告出向かずに還付金うる機会を逃がす

春場所は観客なしの開催に千秋楽の席はまぼろし

人と物の動きの止まり来年は経済恐慌起りはすまいな

日日家に籠りて過ごす生活に来しかた行く末見直してみる

2020-06-02

コロナのパンデミック禍

この詠草は4月頃に詠みましたので感染者が「百万」になっていますが、5月30日現在の感染者は全世界で612万人、死者は37万人を超えて大幅に拡大しています。甲子園の高校野球も春・夏ともに中止となりました。高校生の青春の大切な1ページが抜け落ちました。

5月25日には緊急事態宣言も解除されましたが、依然として手洗い・マスク・フィジカルディスタンスが身にまとい付いています。

【パンデミック禍】　涼風

世界へとコロナウイルス拡大す感染者はや百万を超す

造幣局の桜まつりも中止なり桜にすれば良き休養期

甲子園の高校野球も中止なり三年生の悲願は成らず

鳩の群れ桜の下で花見かな「宴会禁止」の立て札の立つ

大阪に植樹されたる「宇宙《そら》桜」飛行士若田と宇宙を旅せし

歓迎の式典中止の「宇宙桜」今ひっそりと公園に立つ

コロナ禍に「不要不急」の合言葉身に纏ひ付く二月三月

連日のオーバーシュートの会見に感染の危機わが身に迫る

短歌に興味のある方は「あけび歌会」のホームページ〈http://akebiutakai.web.fc2.

公園に植樹された「宇宙桜」です。

com/）をご覧ください。

2020-08-18

老境

新型コロナウイルスは重症化リスクの高い高齢者には要注意なので、リコは外出自粛をきちんと守っています。40年も続けているヨガも半年休んでいますし、朱印めぐり、短歌の会も休んでいます。

主人と過ごす時間が増えて気づいたことは、リコより7歳年上で3つの持病（軽い脳梗塞・糖尿病など）のある主人への気遣いがまったく足らなかったことだと、猛烈に反省しています。リコもアラ70になって心身共に衰えを感じていますので、主人はなおさら日々の暮らしが大変だと、今更ながらに気付き申し訳なく思っています。そんな日々を詠いました。

【老境】　涼風

高齢は重症化するコロナ風邪夫の体調ひび気遣へり

よく噛んで三十回をよく噛んで労り生きむ老境の体

健康で百歳までも生きたしとえごま油を食事に使ふ

キムタクのテレビドラマの影響でもう一品に手間暇かける

ヨガ歴も四十年と身に付きて体の変調すぐに気付けり

骨密度は二十代なれば「骨折の心配は無し」と医師は宣らせり

階段の昇り降りが辛く成り夫は階下にベッドを買ひぬ

片足の取れたる椅子を修理する夫の暴挙よなほガタピシす

2020-09-01

三十年

30年も通っている友人の美容院がコロナウイルスの感染を恐れて、予約日の前日にラインで「今日から当分、休業します」と突然の宣告。２ヶ月待ったけれど「命にかかわるので、もう暫く休みます」といって再開しないので、髪が伸びてボサボサ髪の山姥になりました。

人生で一番見苦しい風采の２ヶ月でした。恥ずかしいやら悲しいやらで、飛び込みで新しい美容院に入り、お気に入りの髪にカットしてもらいました。そんな日々を短歌に詠みました。

【三十年】　　涼風

三十年を通ふ歯医者と美容院を換へる機となるコロナウイルス

友人の美容師からのラインあり「今日から暫く休業します」

二ヶ月を髪ボサボサの山姥に成り果て次のお店を探す

感染を防ぐ工夫で営業を続くる店に髪を切りたり

最新の設備とどのふ新築の歯科医院へとにはかに移る

虫歯には樹脂の詰め物在りといふ十五分にて治療の終る

金属の詰め物ならば型を取り仮歯で過ごしし七日の長し

銀色を白の素材に取り替へてお口の中の景色の変る

累卵《るいらん》の危うき（コロナ禍）

私達は新型コロナウイルスによるパンデミックの真っ只中にいて、外出自粛、緊急事態宣言、10万円の給付金、２月頃から暑い夏もマスク着用など、経験したことのない日々を過ごしています。日本では10月１日現在の感染者は８５０３８人です。

リコの短歌を指導してくださる水谷和子先生から、コロナ禍の日々をどう過ごしているか短歌に残しなさいとご指導を頂きました。「累卵の危うき」——非常に不安定な状態を表わす言葉です。通常の歌会は２月から８ヶ月も休会になっています。８月・９月はzoom歌会をしました。リコは文語・歴史的仮名遣いで短歌を詠みます。

【累卵の危うき】　涼風

街中でマスクに覗くお人柄ピンクに黒に虎柄花柄

四枚を主人と吾で一週間マスク不足の春は過ぎゆく

三月《みつき》ぶり公園散歩を再開す大手を振つて一時間あるく

雨やみて十時すぎたる公園に鳩と連れ合ふマスクも無しに

三密のヨガ教室は休みなり運動不足を散歩にこなす

給付金の十万円で真空のお米と電子レンジを買ひぬ

十枚の網戸を洗ふ部屋ぬちを涼風とほる初夏の夕べに

関西で三千人こす感染者実感なきまま七月となる

コロナ禍に夢とならむやエジプトへ夫と再び行きたきものを

心配はアッと言ふ間の重症化コロナウイルス不気味に迫る

ふと浮かぶコロナウイルスの不気味さに夫より先に旅立つ怖れ

咳き込めば外出ルートを思ひ出し感染リスクの軽重さぐる

変りゆく暮し

コロナパンデミックで私たちの生活が変わりました。その様子を詠みました。

涼風

ひとつづつ暮らしの予定を点検す三密回避を前提として

四十年のヨガ歴あるもクラスターを恐れ半年クラブに行かず

九月から予約制ヨガ始まりぬ五日の予約に期待たかまる

再びを訪ふことの無き敦煌はまさしく夢の体験なりしか

少しづつ不如意と怒り溜まり来る外出自粛半年にして

ご近所と家族と孫の励ましに八十七歳スマホデビューす

老農夫のごつき手指のはみ出せばスマホ入力小指で成せり

公園の秋めく風に吹かれつつ八月尽のコオロギを聞く

猫と鴉

三時なのに四時のおやつをおねだりす夫の前に座る老い猫　涼風

バロ姫は二十余歳の老猫なり意志の強さはいぢらしきほど

蟹かまぼこを夫切り分くるその前へ顔だしバロは髯切られたり

誤まりて夫の切りたるバロの髯短き四本写真に写る

猫の餌を襲ひたびたび庭先を掠む鴉の羽音の高し

生ごみのビニール袋を食ひ破る鴉九羽の眼光するどし

生ごみを道いっぱいに撒き散らす九羽の鴉の凶暴な態《てい》

これがあの電柱に見る鴉かや目の前歩く鴉は巨大

2021-01-02

幸ひなるかな

涼風

屁理屈の多くなりたるわが夫のなほ一層の老いを寂しむ

あきらかにＬＬなのにＬ寸のズボンが良いと夫は言ひ張る

夫には老いの兆しがまた一つヨロヨロフララ歩行の乱れ

うかつにも気遣ひ足りぬ日日なりき三つの持病の夫との暮し

毎朝の公園散歩を最近は夫はひたすら留守番このむ

類想を繰り返すなり公園に生きの発想を拾つてみたし

百歳を目指すも先づはこの先の三十年を息災に生きむ

夕ぐれは安らぎの時スーパーに見知らぬ老女と親しく話す

2021-03-02

感謝は広がる

涼風

猫の足指四本と気づきたり今の今でも五本と信ず

朝帰りの家猫二匹部屋ぬちを無頼に走る賑やかさ良し

わが膝に眠る子猫の息遣ひ平らかにして身の丈の幸

「はやぶさ2」の十一年後のミッションを見届けたきと余命を数ふ

暗闇の宇宙を進む探査機の長き孤独に胸のつまりぬ

仕上がりをスマホで写し見せ呉れぬ美容室での撮影タイム

「五色龍歯」を間近に眺む人気《ひとけ》なき日時指定の正倉院展に

前売りの万博券の購入を余命と計る歳となりたり

2021-03-07

人を想う

あけび歌会の創始者の花田比露思師が、1964年（昭和39）の宮中歌会始の召人として招かれました。お題は「紙」。

◆宮中歌会始

ふるさとの清き流れに今もかも翁はひとり紙漉くらむか　　花田比露思

リコはこの詠進歌を読んで、「本人は知らないのに、どこかで自分のことに想いを馳せてくださる人がいるのだ」と、ひとりぼっちだと思っても誰かが気にかけてくれていると安心しました。

そして、2007年（平成19）に前主幹の大津留温師も召人として参内し、お題は「月」でした。

天の原かがやき渡るこの月を異境にひとり君見つらむか　　大津留 温

この詠進歌は、中国・長安の地で望郷の念にかられたであろう阿倍仲麻呂、アメリカ留学中の孫、北朝鮮に拉致された人々を想い詠まれました。

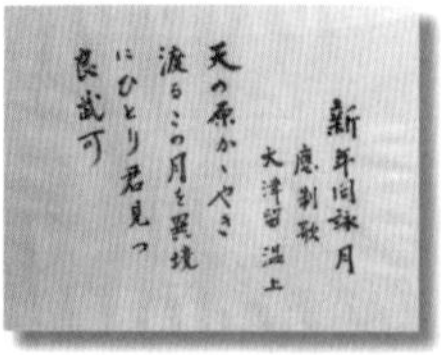

年のはじめに同じく月ということをおおせごとによりて詠める歌
大津留　温　上
天の原かがやき
渡るこの月を異境
にひとり君見つ
らむか

歌会始 平成31年（2019）1月16日

大津留師はこの歌会始の18年前の１９８９年、昭和天皇の殯宮《ひんきゅう》の儀（下々の通夜にあたる）に参内されました。歌会始の儀式の時に、大津留師は同じ正殿・松の間の昭和天皇の殯宮の間を思い出されていたでしょう。

2021-03-24

人を想う②

あけび歌会の前主幹の大津留温先生は、２０１９年（平成31）４月25日にお亡くなりになりました。今年は三回忌です。

◆大津留温先生略歴

大正10年福岡県の現うきは市にて出生
東京大学法学部卒業後、内務省に入省
各種役職を歴任後、昭和49年に建設事務次官を最後に退官
昭和58年あけび歌会に入会（主幹・林光雄）

勲一等瑞宝章受章
（1994年）

平成9年あけび歌会の主幹に就任
平成31年4月25日逝去（満98歳）

あけび誌の2019年（令和元）10月号で、大津留温先生の追悼号が発行されました。会員は各自、短歌・追悼文などを寄稿しました。リコはあけび歌会に入会してまだ5年でしたから、大津留先生にお会いしたことはありますが、お話をしたことがありませんので、先生のお人柄を知りませんでした。

葬儀に参列された水谷和子先生が「主幹のお顔が気高く神々しかった」と話されていました。そこで、リコは追悼文を書きました。

＊

【気高く神々し】

5月1日の大津留温主幹の葬儀に参列された水谷和子先生が、主幹のお顔が気高く神々しかったと話されました。5月の歌会で水谷先生が詠まれた歌です。

ひたむきに偉業を成し遂げ逝き給ふ白寿の主幹の面神々し　　水谷和子

主幹は誇り高き大人（うし）とのイメージが私にはあります。事務次官として、あけび歌会の主幹として、お別れに際して親しい人たちにご自分の生き様を体現されたと思いました。

人知れぬ悩み秘めつつ人には言はぬ誇り恃《たの》みて生きるこの世か　大津留 温

口に出さば崩《く》えなむ脆さひそやけき誇りを胸に生きる悲しみ

＊

弟子なれば主幹の面の輝きを心に留めて終のお別れ　涼風

2021-04-01

凹《へこ》む

1月20日にバロ姫が亡くなりました。

公園の地域猫だった猫が我が家に尋ねて来て（犬の散歩でリコとは顔見知りだったので）、20年共に暮らしました。推定年齢25歳で亡くなりました。

人住まぬ実家に繁る雑草に淋しさつのる父の命日　　涼風

公園の地域猫なるバロ姫はわが家に居付き二十年経つ

二十年共に暮らせる愛猫のバロ姫旅立つ一月二十日

動物は死期を知るとふバロ姫も三日前から餌たべざりき

常になく十日前から異常あり粗相はするしきりに甘ゆ

バロ姫に教はることの多かりきおだやかなれど意志強かりき

空間にくぼみの出来たる心地のす小さな猫の大きな存在

猫でさへ思ふやうには見送られず急な別れにただ戸惑へり

くつろぐバロ姫です。２年くらい前の写真です。

2021-06-04

昭和天皇のお通夜

あけび歌会の大津留温先生が、昭和天皇のお通夜に参内された時を詠まれた歌について随想を書きました。一般人が天皇のお通夜に参内されるとは知りませんでした。

皇居正殿・松の間

みあかしの消えし殯《あらき》に頭《づ》を垂《た》りて侍《はべ》れば風の戸をゆする音　大津留 温

１９８９年（昭和64）１月７日に崩御された昭和天皇の殯宮《ひんきゅう》の儀（下々のお通夜にあたる）に参内された大津留先生が詠まれた歌です。歌集『あめつゆを』に、「灯明の消えた殯宮の間に侍していると、しわぶき一つしない静寂の間《かん》に宮殿の大戸を鳴らす風の音だけが聞こえていた」とあります。天皇陛下のお通夜に一般人が参列されるのを初めて知りました。正殿・松の間での静寂が目に浮かび心に沁みます。

18年後（２００７年）の宮中歌会始の儀に、大津留先生は再び松の間に召人として参内されました。両陛下の御前で先生のお歌は披講されました。お題は「月」。

天の原かがやき渡るこの月を異境にひとり君見つらむか　大津留 温

2021-08-01

突発性難聴・検査

8月2日から大阪は4度目の緊急事態宣言発令です。まん防（まん延防止等重点措置）も緊急事態宣言も、リコは変わらない自粛生活をしています。

4月のコロナまん延防止等重点措置の最中、4月7日〜13日まで、左の耳が詰まったようになり（耳閉感）、点滴治療に1週間病院に通いました。

リコのＭＲＩ画像です。診察が終わってからこの画像をくださいました。ＭＲＩの画像を見て先生は、すこぶる健康な脳ですからまだ20年は短歌が詠める、と太鼓判を押して下さいました。

【突発性難聴・検査】　涼風

眼の前の観音扉ふと開きＣＴ装置眼に飛び込めり

初に見るハイテクの極ＭＲＩに耳の不調の脳検査する

ＭＲＩの装置の中に身をゆだね電磁波奏づる音を楽しむ

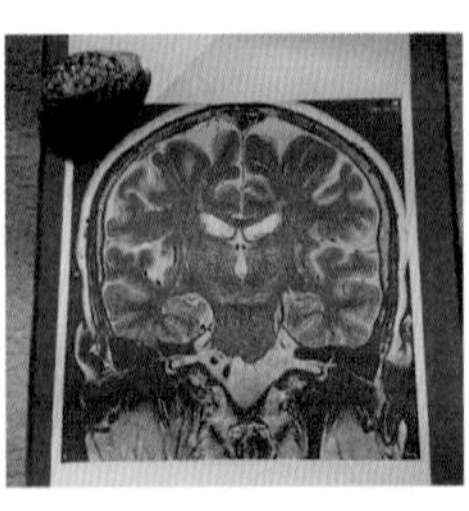

ＭＲＩの吾の画像に感動す医学書に知る右脳と左脳

梗塞も委縮も腫瘍も見当たらず「健康な脳」と医師に褒めらる

初診日と変はらぬ耳の閉塞感一週間で治療を終へぬ

検査室病棟あちこち歩かされ体力勝負の通院の日日

治療終へ三日の後に完治する点滴治療の効果のありや

2021-09-04

老いの姿

最近、リコは気が弱くなったように思います。

ミー姫が右足をびっこを引いて、怪我をして胸のあたりから血を出していたので、動物病院に連れて行きました。いつもは主人と二人で連れていきますが、今は緊急事態宣言の最中なので、付き添いは一人だけの決まりです。２時間も一人で待合室にいると本当にくたびれ果てます。傷は大したことはなく直ぐに治りました。

たかが猫の傷でクヨクヨした自分の心の弱さにガッカリしました。

７月にコロナワクチンを打ちに小学校の体育館に行った時は雨でした。その時の老夫婦の難儀な様子に心を痛めて詠みました。

【老いの姿】　涼風

車椅子押す老人は雨除けのビニール羽織るワクチン接種に

奥さんの車椅子を押す老人、ご主人の車椅子を押す老女。２組とも付き添い方はおられず、雨の中本当にお気の毒でした。

2021-09-19

正岡子規

9月19日は正岡子規の命日です。以前アップした子規の葬儀の様子を再掲載します。

＊

1902年（明治35）9月19日は正岡子規の命日です。子規は明治期の俳壇・歌壇に大きな改革と足跡を残しました。

ある時、リコの歌会の先達・鈴木葯房師の『葯房主人歌草』を読んでいましたら、子規の亡骸を棺に納める際の様子と、葬儀の様子を書いた文章に目が留まりました。

歌会創始者の花田比露思先生（左）、鈴木葯房こと鈴木虎雄先生（1878年〜1963年）。葯房先生は京都大学名誉教授で、中国古典文学の功績にて文化勲章を受章されました。子規は享年34、この時、葯房24歳でした。子規の通夜と葬儀の様子を、こんなに近くで立ち会った人の文章を読むのは初めてでした。『葯房主人歌草』から抜粋します。

子規君を夜台に送る。（明治35年9月22日「日本」）

月の十九日子規君逝く。其の夕棺して之を守り、朝夕宗族朋友之に殮《れん》す。君が遺体は

病臥のままに随ひ蓋ふに白布を以てす。収むる所のものは暫く流俗に従ひ亦た君が志にかなふ。青葉あり紅艸あり、蕉あり、瓜あり、萄あり、橘あり、秋色爛然《らんぜん》、君その中に眠るに似たり。朋友の親しきものの十数室を隔てて枕頭に環座し、律の僧一来て経を読む。翌日二十一日、親戚朋友来り会す。午前九時霊柩門を出づ。白灯四、野花二、銘旌なく、楽音なし。僧は導たり。木主は君が従弟之を奉ず。棺の左右は君の友人侍し、墓標次ぐ。其の後は葬に会するもの、其の次は君が令妹親戚、又た其の次は葬に会するもの。歩して田端大竜院に到り、経を捧げ香を抹し、遂に君を黄泉夜台の下に送らむとす。

（以下略）

注：銘旌《めいせい》……旗じるし、木主《もくしゅ》……位牌

明治 33 年 12 月 23 日、蕪村忌当日の子規庵最後の俳句会。右上の丸の中は子規です。

前列右から 4 人目、膝の前で手を組んでいるのが 26 歳の高浜虚子、後列の一番左が河東碧梧桐。

病床の子規（明治 33 年 4 月 5 日）

2021-11-04

東京オリンピックを詠む

1年遅れの東京オリンピックが2021年7月23日から開催され、多くの感動を私達に残しました。

【東京オリンピック】　涼風

練習を終へて隣の球場へ還るドローンは鳥の群れめく

パソコンでドローン編隊操れり千八百機の変化に見惚る

身を入れてウエイトリフティングの演技見る血管浮きて鬼気迫る技

沖縄の喜友名選手の吐く気合空気が振るふ気魂が振るふ

コロナ禍のオリンピックに励まされ勇気を貰ひ元気湧きくる

日本でのオリンピックは見納めかシニアのわれの終の祭典

空手男子形で金メダルを獲得した喜友名諒。

無観客のオリンピックも効果なしわが市の感染百に近づく

コロナ禍にオリンピックの是非を問ふ人材、予算、人流増加

2021-11-15

短歌の面白み

毎年1月に皇居正殿・松の間で歌会始の儀があります。

２０２１年のお題は「窓」でした（締め切りは前年9月30日）。リコは、かつてミー姫を詠んだ歌に「窓」が入っていたので、これは詠進歌にしようと思いました。

立ち上がり窓からのぞく家猫は目でものを言ふ「入れてください」　涼風

でも、歌会始の儀独特の、長く伸ばして読み上げる、「目で〜〜、ものを言ふ〜〜、入れてくださいい〜〜」はいくらなんでも皇居で不敬でしょう。で、毎月の歌会に出詠したら、猫と飼い主の絆がよく伝わると大評判でした。もしかしたら、この歌は「招き猫」にあやかり入賞していたかも知れませんね。入賞すると宮内庁から11月に分厚い封書が届くそうです。

リコの短歌の会の創始者・花田比露思主幹は、宮内庁の入江相政侍従（当時）から電話がかかり、１９６４年（昭和39）の宮中歌会始の召人として招かれて参内されました。お題「紙」。

ふるさとの清き流れに今もかも翁はひとり紙漉くらむか　　花田比露思

２００７年に大津留温主幹が召人として宮中歌会始の儀に参列された時の歌は、お題「月」。

天の原かがやき渡るこの月を異境にひとり君見つらむか　　大津留 温

宮内庁から5枚の和紙が大津留主幹に届き、緊張で4枚失敗して、この写真の用紙が最後の1枚でした。召人とは、「歌会始において、天皇から特に選ばれて招かれ和歌を詠む、『広く各分野で活躍し貢献している』人物のことを指し、歌人として活動する者などが選ばれる」（Wikipedia より）

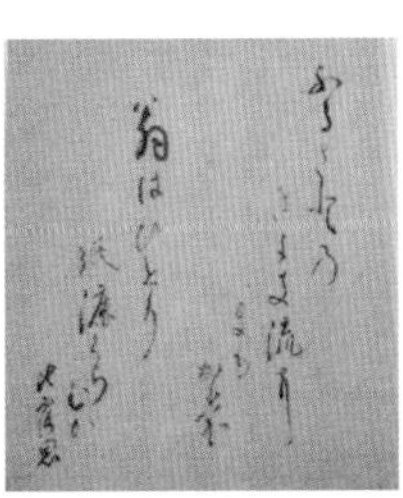

宮中歌会始召人として詠んだ召歌「紙」の色紙（秋月郷土館蔵）

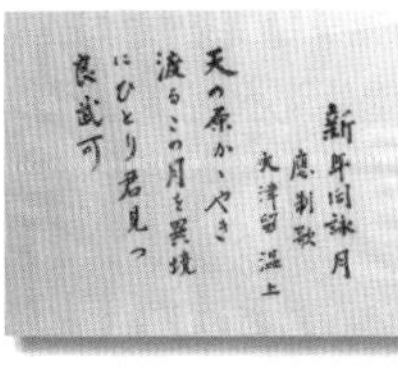

年のはじめに同じく月ということをおおせごとによりて詠める歌
大津留　温　上
天の原かがやき渡るこの月を異境にひとり君見つらむか

2021-11-30

「行ってやらねば」

9月16日にブログで取り上げた、アメリカ同時多発テロ事件の被害者の父親が翻訳された本と歌集を読み、リコは有ってはならない極悪非道のテロを短歌に詠みました。

【9・11同時多発テロ】　涼風

未曽有の事件成りしかツインタワーにハイジャッカーの飛行機突つ込む

被害者の父の書きたる『9／11レポート』読めば惨事に怒り湧きくる

瓦礫から一片の指唯一の「遺体」と右の親指届く

崩落に遺骨は指の欠けらのみ三十四年の命の軽し

「凄まじい高熱によりご遺体は蒸発しました」と検視官告ぐ

マンハッタンの空に漂ふ息子の魄《はく》「行ってやらねば」と父親うめく

500ページ以上の分厚い本です。

吾が息の死亡理由は「殺人」の死亡届を握り締めたり

三人の幼児《をさなご》の父を奪ひたるテロの真相闇の中なり

２００１年の９・11同時多発テロ事件で息子さん（享年34）を奪われた住山一貞さんが、アメリカの『同時多発テロに関する独立調査委員会報告書』の英文を翻訳し、『９／11レポート』と題して出版されました。

住山さんは短歌をしてみえて、『グラウンド・ゼロの歌　９・11同時多発テロ　あの日から還らぬわが子へ』を２０２０年８月に出版されました。

その本のあとがきで、住山さんに息子さんの「遺体」として右手の親指だけが戻ってきたこと。検視官の言葉では、体の残りは蒸発したと言われたこと。そうであれば、息子はニューヨークの街の空気の中に漂っている、「行ってやらねば」との思いでほとんど毎年、９月11日の追悼式典にニューヨークを訪ねていること、が語られています。

検視官から、残りの遺体は「Evaporate（蒸発）」と住山さんは告げられました。住山一貞歌集の中から紹介します。

形見とて国旗と共に贈られし壺を開くれば黒き砂にほふ　　住山一貞

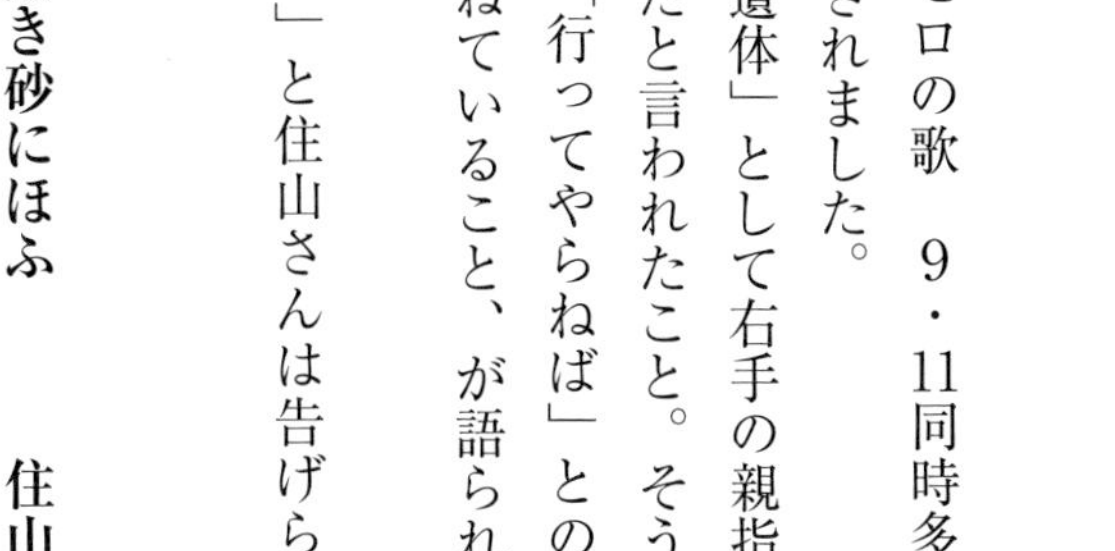

1冊で日本語版と英語版が収められています。後ろからは英語版です。

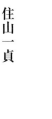

検視局にて

発見の遺体あまりに小さければ写真も無しと説明を受く

立ち会へねば棺に納むを託したり愛犬の写真と「日本国憲法」

骨拾ふ習ひはなくて密封のブロンズケースに入りて戻りぬ

いくさ無き世をよろこびし我なるにツインタワーより吾子は還らず

死亡届

死亡理由「殺人」とある宣告書訳し終へれどしばし届けず

テロにより人間の命が指の一片で終わるなんて、あってはいけないことです。

萎縮生活

涼風

新しきスマートフォンの練習と友より届くラインと写メール
弾む声聞こえ来るがに写メールに一ミリ程の朝月写る
古今集の和歌一首添へ写メールに午前六時の有明の月
有明の月を見あぐる川岸に金木犀の香り漂ふ
怪我したる猫一匹におろおろし気弱くなりて老いの始まる
最近はささいなことにぐじぐじと落ち込む吾や老化ひとすぢ
若者は集中豪雨の被災地の酷暑にめげず泥土をのぞく
ボランティアの若者羨し夫の言ふ「老人われは穀潰しだね」

2022-02-04

詠草　姉の無念8首

詠草に説明を付けることを「自歌自注」と言います。今回は説明付きにします。

【姉の無念】　　涼風

白服に威儀を正してお参りす十三仏の大安寺へと

＊普段着は色も明るいものが多いですが、いつもお参りする時の服装は、白を纏うことで慎ましさを表したいと思いました。今回は靴下を白にしました。

「大安寺は病気平癒で評判」とお参りの人らご利益を言ふ

＊大安寺には何回もお参りしていますので、ご利益は知っています。

ご利益を聞き流すなり祈れども姉には慈悲の届かざりしに

＊私の祈りかたが弱かったと思います。血管の中にできる癌は世界でも例が少なく、治療法がありません。私は最初から、姉の治癒を諦めていました。

姉のため病気平癒を祈りしも一年後には帰らぬ人に

回復の叶はぬ寺の朱印とて姉の無念にひとときは朱し
＊姉は56歳で亡くなりました。２年の間に父・姉と続いて亡くなりました。

亡き父をしきりに思ふ十一月の十七日は誕生日なり
＊父が亡くなって20年になります。

父と姉病没ゆゑに諦めが付きかねてゐる二十年《はたとせ》へても

ふる里を走る予定のリニアカー全通までに命がたりぬ
＊リニア中央新幹線は２０２７年に名古屋まで、大阪には早ければ２０３７年（遅ければ２０４５年）に開通予定です。

2022-03-06

師から学ぶ

◆ピアノの先生から

リコは20代でアメリカ留学している時に、ボストンの教会で聞いたパイプオルガンの音に感動して、帰国してから即ピアノを買い、習い始めました。

2人目のピアノの先生に習って半年経った頃に、先生が「貴女の費やしている時間と労力とお金が、成果に見合わない。貴女は絶対音感が無いので、今からではそこそこのコンサートは開くくらいには上達しますが、努力に見合った成果ではありません」と言ってくださいました。

リコはピアノを辞めて、お茶とお花を習いました。7年経った頃に両方とも師範の免許を取得しましたが、大阪に嫁いだのでその後は辞めてしまいました。

◆お花の先生から

「貴女の生花は活け方が大きいから直す余地がある。小さくまとまった生花はそれ以上、切る余地がないので直せない」――物事に大きく取り組む私のガサツな性格も、時には人生の役に立っています。

◆短歌の先生から

大病に罹り余命わずかになった時に、その人は「死んでしまいたい」と短歌を詠まれました。すると先生は「天国を思う時がある」と直されました。私が「先生、あの歌はあの人の絶唱です。どうしてあんな、中途半端な添削をされたのですか」と聞きましたら、先生は「遺族の方があの短歌を読まれたらどんな気がするでしょう。短歌は思いの丈を詠めばいいというものではありません」。

以来、私は感情の「楽しい」「嬉しい」「悲しい」「悔しい」「腹がたつ」を垂れ流しにしないように気を付けて詠草しています。

2022-04-02

日日点描

涼風

パソコンのメール不調とローソンからファックス使ひ原稿届く

郵便で送れる原稿ファックスでＩＴ時代の老人力知る

遠藤氏の「いのちゆいのちへ」の歌集から命の元へ歌迫り来る

眼を剝きて仁王の如く睨みたる「えんとこ」さんの眼光鋭し

「短歌以外すべてあきらめた」遠藤さんの突き詰め築く最後の砦

氷上の背が語れり静寂と王者の風格羽生結弦は

高速の四回転の姿から同心円のオーラ渦巻く

テレビ観る夫の横顔老いしるく病歴思ひ言葉のみ込む

2022-04-15

雅と私

最近、インターネットの「水曜サロン」で口語短歌の勉強をさせていただいています。通常は文語で歴史的仮名遣いの短歌を詠んでいますが、口語短歌では違うアプローチを色々試しています。今朝、「水曜サロン」に投稿したリコの短歌について、主宰者のポエット・Mさんのご提案について考えました。

散歩の時に、10mはあろうかという桐に紫の花が満開でした。散歩を続け、少し汗をかき、足元にはタンポポとつつじが咲いていました。それを詠みましたが、わざと時間差を詠む練習をしてみました。

紫の桐の花さく薄っすらと汗かき歩きタンポポつつじ

ポエット・Mさんの添削

桐の花雅に香る道ゆけば鳳凰とまる伝説思う

リコは桐が、鳳凰が止まる木とは知りませんでした。

古来中国では、聖天子（徳のある優れた王）が即位すると、瑞兆（めでたい印）である鳳凰が現れると伝えられてきました。この鳳凰が宿る木として神聖視されたのが桐です。こうした考えが日本にも伝わり、平安時代の頃より天皇の衣類や調度品に桐や鳳凰の紋様が使われ、桐花紋は菊紋に次ぐ格式ある紋とされました。中世以降、武力で天下の政権を掌握した統治者は、「庇護者としての忠誠」を天皇や朝廷に示した時、その「褒美」として権威と格式の象徴である桐紋が下賜されました。

ポエット・Mさんの添削を見て、私の歌は、せっかく見事な桐の花を見たのに、「タンポポつつじ」ではあまりに庶民的ですね。リコは短歌を詠む時に自分に引き付けて詠むことを心がけていますが、「汗かき歩き」は庶民的過ぎますね。ポエット・Mさんのご提案の鳳凰伝説を詠み込むとすると、3・4句と結句に工夫がいると思います。

桐の花雅に香る紫の花影にとまる鳳凰浮かぶ

ポエット・Mさんは「香る」を連体形として詠まれました。リコは終止形として詠み、2句切れにしました。結句の「浮かぶ」がまだしっくり来ませんが、以上のように推敲しました。

2022-04-20

短歌の推敲

4月15日に、リコの口語短歌についてポエット・Mさんがアドバイスをくださったので推敲しました。その過程は4月15日のブログに載せました。

元歌

紫の桐の花さく薄っすらと汗かき歩きタンポポつつじ

添削①　鳳凰伝説を知る

桐の花雅に香る紫の花影にとまる鳳凰浮かぶ

ポエット・Mさんがさらにご指導くださり、雅な詠草になりました。

添削②

桐の花雅に香る紫の花影かすめ鳳凰舞うや

リコの推敲は、鳥は木の枝に止まるものとの常識に囚われて、「花影に止まる」と詠みました。結句は鳳凰伝説なので「見た」とは詠まない方が良いと思い「浮かぶ」にし

木村探元「麒麟鳳凰図屛風」より

ましたが、これは未熟ですね。

一方、ポエット・Mさんは、花影に舞う鳳凰を詠まれました。「花影かすめ」と詠むことにより、歌に動きが生まれました。

男性のポエット・Mさんの方が詩人ですね。リコは鳳凰が止まる木の桐と知らなくても、雅な紫の花の桐を「汗かき歩き」と詠むとは恥ずかしいことでした。リコが2句切れにしたのは、桐の花を見て「アッそうだ、鳳凰だ」と一呼吸置きたかったから、2句切れにしました。

短歌は楽しく続け、出来るだけ丁寧に推敲しましょう。

2022-07-06

行ってやらねば

リコの短歌の自歌自注を書きましたので紹介します。

住山一貞さんが翻訳した『9／11レポート』は、520ページにもなる大著です。住山さんの歌集『グラウンド・ゼロの歌』は、後ろからは英語版、前からは日本語版です。

マンハッタンの空に漂ふ息子の魄《はく》「行ってやらねば」と父親うめく　涼風

住山一貞さんの長男の陽一さんは9・11アメリカ同時多発テロ事件の犠牲者です。享年34。息子さんの「遺体」として右手の親指の一片だけが戻ってきて、検視官から「凄まじい高熱により体の残りは蒸発した」と言われたそうです。そうであれば、息子はニューヨークの街の空気の中に漂っている――「行ってやらねば」との思いで、ニューヨークの9月11日の追悼式典にはほとんど毎年、住山さんは出席されています。住山さんが出版された歌集『グラウンド・ゼロの歌』から、

死亡理由《死亡届》「殺人」とある宣告書訳し終へれどしばし届けず　住山一貞

テロにより人の一生が指の一片で終わるなんて、あってはいけないことです。

2022-04-20

言うべきは「ありがとう」

何年か前にリコは、永田和宏先生と死の数日前の河野裕子先生のＮＨＫテレビドキュメンタリーを見ました。息も絶え絶えに言葉を絞り出す裕子さんと、聞き取ろうと必死の永田先生の姿に言葉もありませんでした。

その最後の数日について、リコの短歌会の月刊誌９月号に掲載された轟雄介先生の素晴らしい随想をご紹介します。

＊

作歌のポイント　歌で思いを伝える

轟　雄介

私たちはいつもいい歌を作りたいと思っているし、それが後の人にも読まれて行ったならば、歌をやっていて本当に良かったと思うだろう。しかし、その反面、もっとささやかで本質的な喜びもあるように思う。誰かに歌で自分の思いを伝える。いや歌でしかうまく伝えられない思いもあるのではないか。

例えば「今を生く君がいのちの歌一首湧き来るものか降り来るものか」という遠藤滋さんへ問いかけにも似た私の拙詠が思いがけなく彼に伝わっていたことが分って、私はささやかな作歌の喜びを実感するとともに、歌人の永田和宏氏の『伝えたきこと』と題するエッセイをも思い出したのである。
以下は、平成24年10月号の「短歌研究」からの一部引用である。

長生きして欲しいと誰彼数へつつつひにはあなたひとりを数ふ

河野裕子（『蟬声』）

死の前々日、河野のこの一首を口述筆記した。いい歌だと思ったし、彼女にもそう言ったと思う。彼女もその言葉を喜んだと思う。
しかし、その時、私が言わなければならなかった言葉は、「ありがとう」という思いを表す言葉であったはずなのである。歌の良し悪しを評価するのではなく、彼女の思いがまっすぐ私に届いていることをこそ伝えるべきなのであった。そのことをいま私は口惜しく思うのである。
河野裕子が死の瞬間まで歌を作り続けたのは、歌を読み、理解できる夫と家族が身近にいるという安心感、信頼感があったからこそだろう。歌という詩型が、文学という〈額縁〉のなかでなく、もっと手触りのある思いとして、伝えたいという意志の強さの中で発せられ、受け止められた現場をはからずも経験させてもらったという気がしている。その強さは、歌の評価を越えた圧倒的な存在感であった。いい歌を遺すことはもちろん大切であるが、伝えたいという思いのもとで言葉が発せられるという営みの現在性としての作歌の意味を、もう一度大切に見直してみたいと思うのである。

2022-10-01

驚天動地

9月27日に執り行われた安倍晋三元首相（享年67）の国葬に、国内から約3600人、海外からは約700人が参列。

2022年（令和4）7月8日、安倍晋三元首相が奈良市で選挙の応援演説の最中に銃撃されて亡くなられました。その時の衝撃を詠草しました。

【驚天動地】　涼風

昭恵夫人は「晋ちゃん晋ちゃん」と声しぼる心肺停止の安倍晋三氏へ

「手を握り返してくれた」その温み昭恵夫人の魂に宿らむ

ネットにも救急無線さらさるる安倍元首相を「高齢男性」

銃殺の安倍元首相の惨状もネットに流れ節度のあらぬ

国葬の是非を問ふより殺人の犠牲者いたむ心を持たむ

国葬の夫の遺影に深々と拝礼をなす昭恵未亡人

友人は六十一で快挙なす働きながら大学院へ

風呂場からベランダ外壁リフォームの続きて費用の算段の夏

歯が欠けて洗面場では水漏れしあげくの果てにゴキブリ走る

正岡子規の百ヶ日

『葯房主人歌草』の著者の鈴木葯房師（鈴木虎雄）は京都大学名誉教授で、文化勲章受章者です。リコが所属するあけび歌会の大先輩です。鈴木師は１９０１年（明治34）に新聞「日本」を発行する日本新聞社に入社し、病に倒れた正岡子規に代わり短歌選者を務めました。

子規の晩年の生活の面倒を見た日本新聞社の社長・陸羯南《くがかつなん》の次女と鈴木師は結婚されたので、子規の日々は鈴木師に良く届いていたと思います。鈴木師は１９０８年（明治41）に東京から京都大学へ赴任しました。『葯房主人歌草』では、鈴木師が書かれた子規の葬儀と百日忌の様子をお伝えしています。

リコの所属する短歌結社は１９２１年（大正10）の創刊から、あと8年で創刊１００号になります。ですから、古くからの会員さんである鈴木虎雄先生は、正岡子規と同じ会社（新聞社）で働き、同じ時代を生きてみえました。

２０２１年9月19日に正岡子規（１８６７年〜１９０２年）の葬儀の様子をアップしましたので（１６９ページ参照）、今日は百日忌の様子を鈴木葯房著『葯房主人歌草』から抜粋します。この時38歳の伊藤左千夫（１８６４年〜１９１３年）と28歳の香取秀真《ほつま》（１８７４年〜１９５４年）による弔歌も掲載されています。

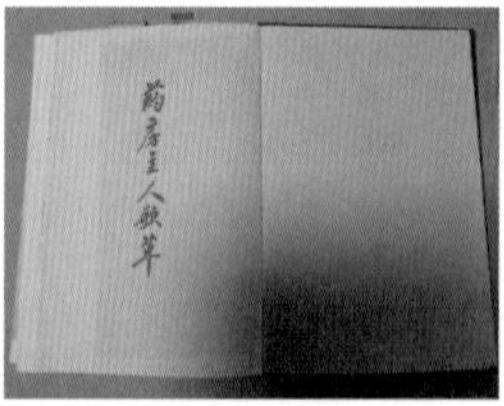

この本は1956年（昭和31）発行、65年前なのでボロボロです。

鈴木葯房師

子規子百日忌　（明治35年12月27日「日本」）

二十七日、根岸短歌会につらなる者はかりひて子規子百日忌を田端大竜寺に営まんとて二三の僧を請ひ心ばかりの読経をささぐ。母堂令妹及び二三の知るべの参拝終はりて、会者各々意を述ぶ。

秀真は前の日を此の日と取り違へて参詣しけるとかや。その歌に曰く

よもつべに歌つどひすか夢にだに百日にすれど音づれはなし

百か日に今日はたなりぬあなやめる足か冷ゆらむ墓に霜ふる

左千夫はその人の立ちたる姿は見ずて寝ねたるさまぞしのばるるなどいふ。曰く

敷妙の枕によりて病伏せる君がおもかげ眼を去らずみゆ

梅椿みはかの前によろしなべ誰がささげけむ見らくうれしも

うつそみに吾ささげけむ野菊はもみはか冬さび枯れにけるかも

※野菊は手つくりのよし（以下略）

参考までに、高浜虚子の立ち待ち月の子規への弔句。

子規逝くや十七日の月明に

この短冊は、兵庫県芦屋市の虚子記念文学館に展示してありました。

2022-10-23

稲畑汀子先生　高浜虚子のお孫さん

2022年2月27日に稲畑汀子先生がお亡くなりになりました。最近、稲畑汀子先生の温かいお人柄を語るエピソードをよく新聞で読みます。

リコは2018年3月3日、芦屋の虚子記念文学館に4月の吟行の下見に行きました。その時に図らずも稲畑先生にお会いしました。その時のことをブログに書いていますので再掲します。

（撮影・樋口一成）

★2018年6月23日★（ブログ再掲）

◆笑顔の存問

芦屋市の虚子記念文学館へ3月3日に、4月の短歌の吟行の下見に行きました。その時に、偶然に稲畑汀子先生にお会いしました。稲畑先生は高浜虚子の長男さんの娘さんで、虚子の孫にあたる方です。現在は「ホトトギス」の名誉主宰となっておられます。

虚子翁は100年ぐらい前の俳人で、子孫の方は分からないと私は思っていましたから、後日、あの素敵な女性が虚子のお孫さんの稲畑先生と知り大変に驚きました。

俳句は存問《そんもん》の詩と言われて相手の安否を問うことがとても大切な決まり事だそうです。

3月3日は「ホトトギス」の句会が午後からあり、皆さん早めに来て作句をして見えました。私が虚子館の庭に立っていたら稲畑先生が中から出て来られ、にっこりと笑いかけて「いらっしゃい」と言って下さいました。私は俳句でなく短歌をしていて、来月の吟行の下見に来ましたと、ドギマギして言わずもがなの返事をしてしまいました。

後日、あの素敵な女性が稲畑先生と判り、その時の感動を短歌にしました。

虚子翁の孫に会ひにき「いらっしゃい」と声かけくれしよ稲畑女史は

ホトトギスの稲畑汀子先生の包み込むかの笑顔の存問

虚子記念文学館（兵庫県芦屋市平田町8-22）

2022-11-01

スマホの写メール交換

涼風

発芽せしアジアンハイビスカスの苗二本M先生にお分けするなり

八月にハイビスカスの写メール届くうす紅色の初花二輪

桃色のハイビスカスの花も咲き写メールに見る今朝の花数

露置けるハイビスカスの写メールを短歌に詠みて返信をする

ハイビスカスの花を眺むる家猫は乙女さびたり七歳の夏

雨の中咲きたる花に目を凝らす花びら濡らす雫の垂るる

雨の中ハイビスカスの開きたりきらめく露を花に宿して

即興の短歌を作る楽しさにラインに交すハイテク短歌

2023-01-05

老境の酒

リコが所属する短歌会の月刊誌「あけび」の〈自歌自注〉に、自分の詠草の感想を書くページがあります。一首の短歌だけではその背景がわかりませんので、自分の詠草にそれを詠んだ背景を書いてもらいますと、より詠者を理解しやすくなります。私がこのページの編集を担当していますので、毎月3名の方に原稿執筆の依頼をします。2023年（令和5）1月号の3名の記事を紹介します。

「小さき杯」　小笠原嗣朗さん

この小さき杯ほどの酒に酔い御祖《みおや》と話す歳となりたり

戸棚の籠の中に、大小、新旧、様々な杯が二十個あまり入れてあり、それぞれに思い出がある。晩酌をするときに「今宵はどれにするかな」と、酒と気分に合わせてひとつを選ぶ。その中に長州萩焼の小さい杯が二つあり、いずれも古くから伝わってきたもので、地肌がしっとりとうす茶色に光っている。若い頃は、何故こんなに小さな杯で飲むのだろうと得心がいかなかったが、最近御祖を越える歳の頃になり、酔い易くなって初めて小さい杯で酌む楽しみが分かるようになった。以前読んだ御祖の文に、藩政の維新

に消えゆく懊悩を書かれていたことを思い出し、窪みに指跡が残る杯を口に運びながらご苦労をねぎらっている。私も相応に歳をとったということであろう。

「あのとき」　岡田恭子さん

夫は吾をひしと抱けり骨髄の移植受けんと家でる朝《あした》

悪性リンパ腫を患い、骨髄移植を受けるために入院する朝を詠んだ歌である。生きるために受けることを決心した骨髄移植だが、合併症などで亡くなる人も多い。担当医師の事前の説明では、成功率は三割程度だとのことだった。夫も私も元気になって戻ってくることを願いながら、生きて二度と家には帰れないかもしれないという不安が心の隅にあったことも確かだ。出発のとき、夫がやさしく、でもしっかり抱きしめてくれたことにより、さあがんばるぞという決意と勇気が湧いてきた。そんな状況のこの一首を読み返すと、今元気でいることの有難さをひしと感じる。これからも二人で健やかに、少しでも長く生きていけたらいいなと思っている。

「詠草に寄り添う」　涼風

ハイビスカスの花を眺むる家猫は乙女さびたり七歳の夏

これは9月の歌会に提出した詠草です。この詠草を参加者の方々から、「7歳は人間でいえば44歳だから〝乙女〟はおかしい」と言われました。

猫を人間の年齢に換算する鑑賞の出発点がそもそも間違っています。わずか7年生きている猫を想像してください。庭に入り込んだ4ヶ月の野良猫を病院に連れて行き避妊手術をして、家猫として共に過ごした7年の年月を振り返り、昨年まではまだまだ子猫だと思っていましたが、花を眺めている姿がなんとも乙女らしいのです。

窓ガラスをとんとんと叩くと、こちらを向いて「綺麗な花が咲いてるよ」と私を見あげました。

2023-01-20

着物を着た短歌

どちらの短歌会も、新入会者の減少に頭を悩ませてみえると思います。リコが所属する短歌の会もあれこれ対策を練っていますが、妙案がありません。よくよく考えると、私の所属している短歌の会は文語で歌を作ります。あの『万葉集』のような調べの短歌です。いうなれば、着物を着た短歌です。リコの好きな文語短歌を、『万葉集』から。

旅人の宿りせむ野に霜降らば我が子羽ぐくめ天の鶴群（巻9・1791）

読み：たびびとの　やどりせんのに　しもふらば　わがこはぐくめ　あめのたづむら
作者：不明　遣唐使随員の母
現代語訳：旅をする人が野宿する野に霜がおりたら、私の息子をその羽で守ってあげてください。空を飛ぶ鶴たちよ。
ポイント：遠く旅行く子どもに寄せる母の思いが、胸が痛いまでに表現されています。

この味がいいねと君が言ったから七月六日はサラダ記念日　俵　万智

嫁さんになれよだなんてカンチューハイ二本で言ってしまっていいの

口語の洋服を着た短歌の代表は、俵万智さん。万智さんの講演を聞きましたが、君が「いいね」と言ったのは、サラダではなく「唐揚げ」が入ったお弁当だったそうです。唐揚げをこの短歌に仕上げるのが凄いですね。
口語短歌の方がとっつきやすいので、今後は短歌の主流になるでしょうね。

2023-01-24

短歌雑感

俳句総合誌月刊「俳句界」の２０２３年１月号をいただきました。面白い記事ばかりですね。ゆっくり読ませていただきます。

まず、「思わずうなる！　上五・下五」の記事を読みました。ふと、俳句は５・７・５で完結しているのに、短歌はなぜ７・７と続くのかと思いました。佐藤郁良先生が取り上げていらした高野素十の俳句、

翅わってててんたう虫の飛びいづる　**高野素十**

これで見ると、７・７が無くても詩文として完成しています。この句を元に短歌を詠むと、

父の背に負はれて見たり翅割っててんたう虫の飛びいづる夕

短歌にすると物凄く説明的になってしまいました。

なぜ「父」かというと、最近良く父のことを考えていますから。昔、家族で映画を見

に行った帰り、幼稚園児くらいの私が寝てしまうと、帰りに父が私を背負って帰りました。母が、男が背負うなんてみっともないと言うと、父は「自分の児を背負って何がみっともないか」と、平気で私を背負ってくれたと母から聞きました。

短歌にすると思い出も詠めますね。自句自解も面白い記事でした。その俳句を詠んで句を推敲した過程も書いてあり、成る程と短歌を詠んでいる私も大変参考になりました。

主人が二十代の時に詠んだ俳句もどき、

凍て岩《いし》の波天に散る東尋坊

東尋坊に行った時の感想を詠んだそうです。季語も何も知らないで、見た景色を思い出して詠んだそうです。人生でただひとつの主人の俳句ですが、センスが良いと思います。今日は主人の81歳の誕生日です。

Chambre de K.

2018-09-27

たっちゃんの哀しいお知らせ

私の友人の「たっちゃん」こと松井一恵さんが、2018年9月26日の6時44分に亡くなられました。享年55でした。一恵さんは「たっちゃん」のネームで、このブログの「Chambre de K.」欄で得意な手芸やフランス語の詩を紹介してくれていました。彼女とは短歌の会で知り合い、この2年は特に親しくして、京都の都をどりの観劇に行ったり、ライン等で頻繁に連絡を取り合ったりしていました。亡くなる4日前には、私が送ったハンカチに「ありがとう」と笑顔のスタンプと共にラインが届いていました。あまりにも若い、才能溢れる女性の旅立ちでした。

私のブログに投稿・応援をしてくれていた松井一恵さんが死の1ヶ月前に書いた随想を皆さまに紹介します。

*

忘れじと思ふ　　松井一恵

病気療養中、私は石川啄木の歌集を再読いたしました。私の今の心情に重なる歌が多くあります。病気が発覚したのが、平成二十九年の六月末でした。最近、先生に言われたのは、あのまま放っておいたら余命三ヶ月だったとの事です。腹膜癌という聞きなれない病名に驚き、主人と子供は涙を流して可能な限り調べたようです。主人は日々病室を訪れ、背中や足をさすってくれました。子供からは毎日電話があり二週に一度は病院に来てくれました。これほど家族の有り難みを感じた事はありません。そんな時、啄木の『一握の砂』と『悲しき玩具』に非常に感化されました。

《啄木『一握の砂』より》

親と子とはなればなれの心もて静かに対《むか》ふ気まづきや何ぞ

何がなしに息きれるまで駆け出してみたくなりたり草原などを

何かひとつ不思議を示し人みなのおどろくひまに消えむと思ふ

何事も思ふことなくいそがしく暮らせし一日《ひとひ》を忘れじと思ふ

病む今は啄木の歌読むほどに嘗ての吾に帰るすべなし　　一恵

《啄木『悲しき玩具』より》

病院に来て妻や子をいつくしむまことの我にかへりけるかな

堅く握るだけの力も無くなりしやせし我が手のいとほしさかな

やまひ癒えず死なず日毎にこころのみ険しくなれる七八月かな

蝕まれ弱き心の吾に向け誠の愛を与ふる夫よ　一恵

私は『悲しき玩具』の「病院に来て」の歌を読み、「与えられるばかりで、本当に夫や子供、兄弟や、年老いた両親をいつくしむことが出来ているのだろうか？　自分の辛さを訴えるばかりではないか……」と時に悩みます。優しい言葉をかけて頂けるほど、今までの身勝手さが沸々と湧き出てくるのです。病魔に蝕まれ、それが治らない不治の病であればこそ、自分の心の底意を疑い、自己中心であった日々を一つずつ反省します。「両親に申し訳ない、結婚してくれた夫に多大なる迷惑をかけてしまっている……」そんな中でも最初に感動したのは、あんなにやんちゃ坊主であった子供の優しさに触れた時でした。「すべての写真をアルバムにしたよ。僕、全部覚えてるよ」とアルバムを送ってくれた時は、不覚にも涙が出ました。「あなたを生んで良かった」と言う言葉が心の底から何の躊躇もなく出ました。人はいつでも優しくなれます。私の優しくなれた夕イミングが病に蝕まれた時だったのだと思います。これからは命の続く限り、身体は痩せても、家族との愛を大きく育んで行きたいと思います。

溶け合へる夜と朝との境界線今日こそ体調良きこと祈る　一恵

＊

一恵さんは5月から再入院されていた病室で、8月と9月に4編もの随想を書かれています。彼女の才能あふれる短歌と随想を次の機会に皆様に紹介します。2番目の随想「匂い」を10月2日に掲載しています。

2018-10-02

松井一恵さんの随想②

10月3日は松井一恵さんの初七日です。まだ彼女がいないことが実感できません。

このブログの「Chambre de K.」に、たっちゃんのネームで投稿をしてくれていた松井一恵さんは、病状が重くなっても病室にパソコンを持ち込んでいました。亡くなる2ヶ月前に書き上げた2編目の随想「匂い」を紹介します。彼女ほど賢く冷静な女性に会ったのは私の人生で初めてでした。一恵さんは2018年9月26日に亡くなられました。享年55でした。

＊

匂い　　松井一恵

マルセル・プルースト『失われた時を求めて』より

《私は無意識に、紅茶に浸してやわらかくなった一切れのマドレーヌごと、ひと匙のお茶をすくって口に持っていった。紅茶に浸したマドレーヌの香りによって、幼い頃の記憶が突然呼び起こされた――》

二十世紀を代表する名作小説『失われた時を求めて』は、マドレーヌから始まる長い

長い物語です。作者のマルセル・プルーストはパリ郊外生まれのフランス人。『失われた時を求めて』の主人公も、マドレーヌの味そのものよりもその芳醇な香りによって古い記憶が蘇ります。味覚と記憶の繋がりの深さです。

私たちのまわりには、様々な匂いが漂っています。自然の匂い、食べ物の匂い、人工的な匂い……。その中で、ふと幼少期の思い出に繋がるものもあります。例えば、雨が降る前の匂いです。この匂いは埃の匂いだと言われていますが、私にとって、小さい頃から変わらない匂いです。

雨を待つ土の匂ひは遠き日の小学校の中庭の匂ひ

小学校の中庭には、百葉箱もありました。雨の降る前の匂いから、百葉箱まで思い出され、古い記憶が蘇ります。また、プルーストのマドレーヌではありませんが、母が作ってくれた焼き菓子の匂いを思い出させるものもあります。母は決して洋菓子が得意ではありません。それでもレシピをみて、オーブントースターでバタークッキーを焼いてくれました。焦げてしまったこともあります。失敗作も私にとっては母の味でした。弟と二人、庭でピクニックのまねごとをして食べたものです。

プルースト効果ならむか漂ふ香に母の作りし焼き菓子思ふ

一年ほど前、安い輸入クッキーではありましたが、スーパーで夫の買ってきてくれたクッキーの蓋を開けた途端に、新婚旅行で行ったパリのカフェーにあったクッキーの匂いを思い出したこともあります。

夫の買ひしクッキー缶の蓋とればパリのカフェーの匂ひ溢るる

懐かしいパリの新婚旅行の思い出です。セーヌ河沿いのオープンカフェでコーヒーとクッキーを二人して頼み、自由時間を満喫した実に良い思い出です。今でも脳裏に浮かびます。

またこれは、日常の出来事です。

二階より煙草の匂ひの降りてきてやをら始める食事の支度

夫の吸ふゴールデンバットの匂ひして朝の六時と気づく吾あり

マルボロの煙草の香りが玄関に漂ひ息子の帰りを知らす

「匂い」とは不思議なものです。五感のうちで最も記憶に直結しやすいのではないでしょうか。そして私は今、病室にいます。

消毒のアルコールの香に思ひ出づあの日の点滴この日の採血

◆あけび賞〈努力賞〉作品より抄出

天国の君　　松井一恵

かき氷食べつつ宿題写し合ひノート広げし夏はるかなり
放課後も仲良し五人で談笑す高校生活すべて楽しき
駅前の馴染みの店の苺パフェ甘酸っぱさも青春の味
五十四年持病と闘ひ駆け抜けし友の生きざま光放てり
あらためて友の賀状を手にとりて「お元気ですか」の文字に涙す

作者のことば

私の高校は歩いて十分程の所にありました。箸が転んでもおかしい年頃で、毎日がとても楽しく、仲の良い五人は何時も一緒にノートを見せ合ったり、本を貸し合ったり、放課後はおしゃべりばかりしていました。その中の一人が五十四歳の若さで旅立ち、言いようのない悲しみに包まれ、共に過ごした懐かしい学生時代や夏祭りの思い出を詠ったものです。人生で最高に楽しかった高校時代を改めて振り返り、彼女への思いを綴ったつもりです。

日々彩彩

2018-12-19

一恵さんの絶筆

今年のリコのブログ人気ランキング第3位は「松井一恵さんの絶筆」です。11月15日にアップした記事を再掲載します。

たっちゃんのネームで「Chambre de K.」にフランス語の詩や、手芸、庭の花をブログにアップしてくれていた故・松井一恵さんが、死の20日前に病床でスマホを使い書かれた随想は、１４００字もの文章を書いていました。スマホのメール画面は1行が20字くらいだから、70行近い文を小さな画面に病床で打ち込んだことになります。

この頃は病状も重くなり熱も出ていたのに驚異的な精神力です。彼女は「せめてこれだけは」と人生の完成に向けて最後の力を出し切ったことと思います。松井一恵さんは２０１８年9月26日に亡くなられました。享年55でした。

＊

身体（絶筆）　　松井一恵

身体というのは不思議なものです。私は４ヶ月間何も食べていません。必要最低限の栄養素を点滴から摂取しています。後は水です。それでも生きています。それでも生きていた方がいいのか、死んでしまった方がいいのかの選択権がないのです。毎日同じことの繰り返しです。

いつまでもこのままで居ていいのかな覚束なき身を思ふ吾あり

病院から出られないという事は、ここで死を迎えるという事です。そうで無ければ、中間病院で、何処かに移されるという事になりますが、腹膜癌などまだよくわかっていない癌患者、まして末期癌患者を受け入れてくれる病院は無いだろうと先生に言われました。主人は、自分と子供の為に生きてくれと言います。確かにこれだけ一生懸命にやってくれる主人を残してさっさと死ぬことは出来ません。しかし、この苦しみは、本人しか分からないと思います。

では何の為に生きているのでしょうか。何かすればいいと先生たちは言いますが、何をしても虚無感ばかりで、何かをしたいという感覚も無くなりました。皆、こんな感じなのでしょうか。比較できない為、私だけではないかとまたまた絶望してしまいます。横になってもしんどいし、起きてもしんどいの繰り返しです。

少しでも触ればブザーの鳴るマット無機質な部屋に鎮座まします

足下にはマットが敷いてあります。勝手に動くと危ないからです。従ってベッドの上でしか身動きが取れません。物を取るのも一大事で、どっこいしょなのです。実は、落ちたスマホを取ろうとして、ベッドからずり落ちたことがあるのです。その時、マットが敷いてあって助かりました。ただこれは大変なプレッシャーで、少しでも触るとブザーが鳴り、看護婦さんが飛んで来るんです。何かを取って欲しい時、主人が居なければいちいちナースコールを入れてからになり大変に面倒です。

吾は今何もできずに寝るばかり主人が近くにゐなければなほ

やる気なく頭はぼんやりするばかり美味き物のみただ浮かび来る

それでも美味しい物は食べたい。ジレンマです。結局治らない。何の為に治療を続けるのか。ぐるぐるぐるぐる頭の中で回っています。結局死ぬに死ね無い状態がずっと続いているのです。とても変な感覚です。頭がぼんやりするのは、痛み止めのせいです。急に目が覚めてぼんやりするのがずっと続いているような感覚です。記憶の混濁みたいに嫌な感じが残ります。

こんなに辛い思いをしてまで生きなくてはいけないでしょうか？　最後まで残る疑問であり、最後まで答えが出ない疑問だろうと思います。

携帯を見るのも嫌な今のわれ浄土といふをふと思ひをり

＊

松井一恵さんは２０１８年5月9日から再入院してみえましたが、退院することなく、9月26日に55歳で亡くなられました。彼女は病床でスマホを使い４つもの随想を書き、リコのパソコンに送られてきた横書きの原稿を、私は短歌誌の３段組の書式（19字×24行の３段）の縦書きに書き換えて掲載しました。

一恵さんの宝物です。時の試練に耐えてヒビも欠けも無く、水漏れも無いそうです。エジプトの紀元前２０００年~３０００年前の、なんとも愛らしい形の壺です。たっちゃんのお気に入りの宝物です。

それとインドの象牙製の女神像。これも古そうで年代物らしいです。

時は流れて

１９８４年11月10日、リコは岐阜県のお寺の師家をしてみえた中村文峰老師様をお訪ねしました。その後、老師さまは南禅寺の管長となられ京都へ、私は大阪に嫁ぎました。

それから時は流れて36年後の２０２０年４月、南禅寺の管長であられた中村老師様が３月31日で管長職を退任されたとの葉書が届きました。葉書を頂いて老師様をお訪ねしたいと思っていた矢先、新型コロナウイルスで外出自粛になりました。終息すれば必ず老師様に再びお目にかかりたいと切に思います。

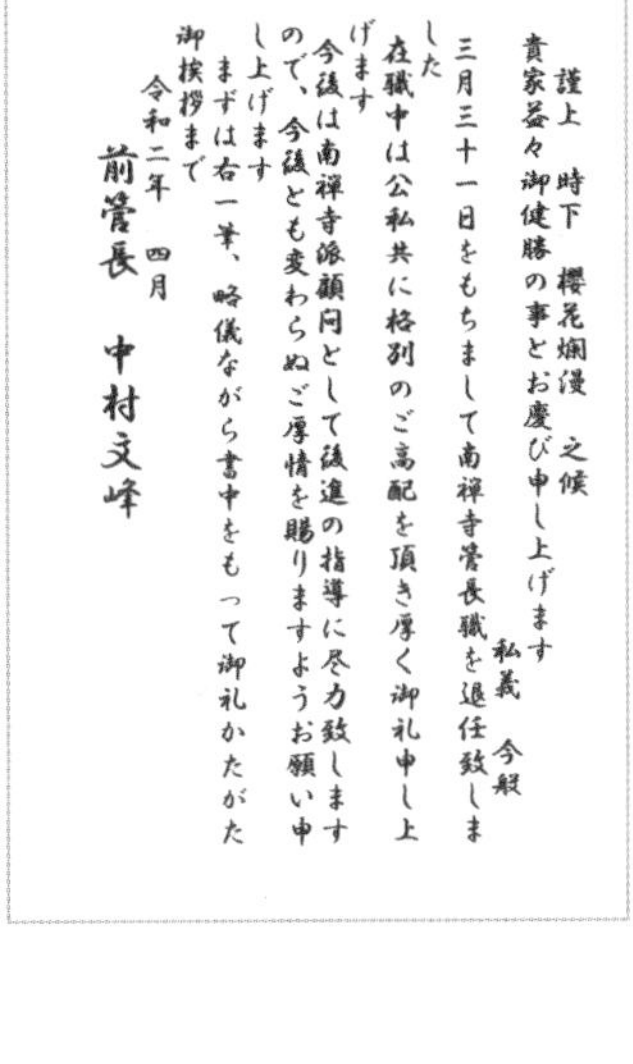
謹上　時下　櫻花爛漫　之候
貴家益々御健勝の事とお慶び申し上げます
私義　今般
三月三十一日をもちまして南禅寺管長職を退任致しました
在職中は公私共に格別のご高配を頂き厚く御礼申し上げます
今後は南禅寺派顧問として後進の指導に尽力致しますので、今後とも変わらぬご厚情を賜りますようお願い申し上げます
まずは右一筆、略儀ながら書中をもって御礼かたがた御挨拶まで
令和二年　四月
前管長　中村文峰

１９８４年11月10日。36年前に老師様をお訪ねした時の写真です（右）。

そして、１９９４年５月に中村老師様のお招きで、紀野一義先生の講演会（結集）が行われた時の写真です（左）。

2020-07-06

エジプト旅行を振り返る①

リコはコロナパンデミックのため、3月に計画していた10日間のモロッコ旅行をキャンセルしました。これからはコロナパンデミックで、数年は海外旅行はむつかしいと思います。人生の最後に行きたい海外旅行の国はエジプト、と主人と意見が一致していますので来年くらいに行くつもりでしたが、コロナパンデミックで実現不可能になりました。そこで10年前に行ったエジプトの写真を振り返ることにしました。プリントの写真をスマホで撮ってブログにアップしたので、サイズ、美しさにバラつきがあります。大変に時間が掛かりました。どうぞ最後までご笑覧下さい。

アラブの春といわれたエジプト革命（２０１１年2月13日、ムバラク大統領辞任）が2ヶ月後に起こる直前でしたので、今から思えば、ライフル銃を持った兵士が行く先々でガードしてくれていたのは確かに不自然でしたね。

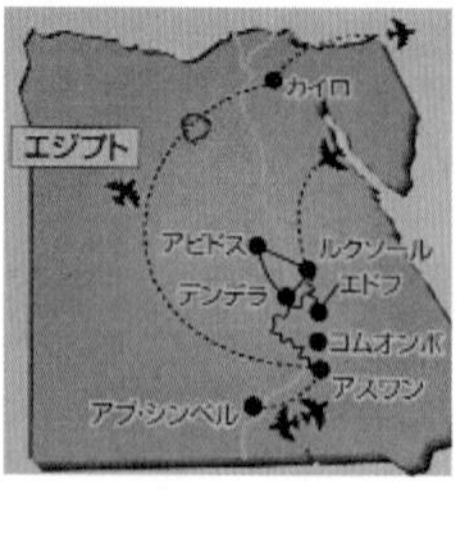

＊王家の谷
ツタンカーメンの王墓

王家の谷は写真撮影禁止でしたので、地元の写真屋さんから写真を買いました。

【2010年11月30日】
＊関空からルクソールへ
(14時間20分)

【12月1日】
＊巨大な一対のメムノン像

＊ハトシェプスト女王葬祭殿

左の野球帽はガイドのアラさん。説明中に写真を撮るのを極端に嫌がるので、撮影するのに各地で苦労しました。

３階建ての白いクルーズ船に18時頃に乗船して、４泊５日のナイル川クルーズの旅が始まります。船が岸に着いたら鞄とカメラを持って身軽に観光です。夜は寝ている間に次の遺跡にナイル川を航行するので効率的です。
大河ナイルは全長6650㎞、ルクソール付近の川幅は600ｍで、ゆったりと流れる綺麗な水です。ナイル川を南下（遡る）してアブ・シンベル方面に航行します。

船内ではダンス、音楽のショーがあります。食事もバイキング方式で、豪華で美味しいです。

セマーといわれる旋回舞踏は男性が踊っています。重いスカートを持ち上げるので、男性でないと踊れないですね（トルコのセマーは白い軽やかな服装です）。

【12月２日】
＊アビドス
セティ１世葬祭殿と
ラムセス２世葬祭殿

＊デンデラ　ハトホル神殿

手前の帆掛け船・ファルーカでナイル川をミニ遊覧しました。川風が気持ち良いです。朝は漁師さんが網を投げて魚を捕っていました。両岸には鷺類、カワセミ、名も知らぬ鳥たち、ロバや牛が放牧されていました。

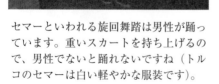

【12月6日】
＊クルーズ船を下船して
アブ・シンベル神殿へ

小神殿の前です。

【12月3日】
＊ルクソール

ナイル川東岸のカルナック神殿、ラムセス２世の座像とオベリスク

【12月4日～5日】
＊エドフ　ホルス神殿

ホルス神殿第１塔門

ホルス神殿のホルス神像の前で、若かりし頃のリコとダーリン

エジプト旅行を振り返る②

遺跡は、外観の写真は撮れますが内部の撮影は禁止ですので、11日間でも思いのほか写真が少ないです。

【12月7日】

アブ・シンベル～アスワンハイダム～カイロは飛行機で移動です。

【12月8日】

＊ギザの三大ピラミッド

1人10ドルの楽しいラクダ乗りです。ひとこぶラクダなので乗りにくいです（中国の敦煌郊外の月牙泉のラクダはふたこぶなので、間に乗れば良いので楽です）。ラクダが立ち上がるときはお尻を高く持ち上げるので、人は前のめりになり落ちそうになるため、体を後ろに反らして耐えます。そして、立ち上がるとこんなにラクダは背が高い。

サッカラの、世界最古のジェセル王の階段ピラミッド

1日に300人しか入れないクフ王のピラミッドの中に入りました。人ひとりがやっと通れるくらいの狭い急勾配の坂や階段で、上から降りてくる人とすれ違うのに難儀をしました。カメラは禁止なので中の様子は撮影出来ません。

【12月9日】

＊エジプト考古学博物館

ギザのピラミッド近くに建設された新しい大エジプト博物館は、コロナパンデミックの影響で、全館オープンは来年（2021年）に延期されました。カメラは受付で預け、館内は撮影が禁止です。

【12月10日】

＊帰国の途に

8年前の若い詠草です。

【エジプトの旅】　涼風

陽光と風吹き渡り緩やかに水は流るるナイルの大河

ナイル川をクルーズ船にて遡る朝な夕なに古代の遺跡

アビドスの遺跡の中をのびやかにロバの背に乗り老人は行く

月明りアブ・シンベルの神殿に蘇り来る神の息吹ぞ

黄金のマスクは永久《とは》に輝けりツタンカーメン十八に死す

黄金の棺《ひつぎ》に残る花束は王妃の捧ぐる矢車草と

武装せし兵士の守る辻や橋アラブの春の火種はや見ゆ

警官とライフル兵に守られて遺跡を巡るエジプトの旅

“アラブの春”を間近にしたこの頃、平和そうなこの街でも、マイクロバスにライフルを持った兵士が乗り込み、遺跡では所々でライフルを持った兵士が警護してくれました。

2020-07-21

祈りの国、日本

昨夜、NHKで塩沼亮潤大阿闍梨の最近の様子が放映されました。塩沼大阿闍梨がどう素晴らしいかが良く判る30分の番組です。ビデオに録ったので今2回目を見ました。塩沼師の脳のMRI画像が出ていましたが、右脳の一部が欠損しているそうです。そして、白血球が2000と普通の人の3分の1しかないので、いつ癌になっても不思議はないという医者の診断に塩沼師は、

「これが自分に与えられた体なのでこれで勝負していきたい。決して守りに入らない。どんどん攻めていきたい。人々を助ける霊力を高めるために修行する」

52歳の塩沼師は、30代に大峯千日回峰業満行（満行出来たのは1300年間に2人しかいない快挙）と、9日間の四無行（飲まず、食わず、眠らず、横にならず）の2つの苦行で極限状態に晒されました。

再放送を皆さまお見逃しなく。

2020-09-20

ピアノの思い出

今朝、NHKの番組『映像詩』で「春日大社で祈りの演奏」を見ました。そこでピアニストの川上ミネさんのピアノにかける並外れた想いを見て、リコがピアノを習い、そして止めたことを思い出しました。

リコは1974年にアメリカのニューヨーク州に語学留学しました。当時のアルバムから（50年近く経っているので色褪せています）。1974年7月20日～21日に、ボストンへ旅行した時に教会で聞いたパイプオルガンに感動して、帰国してからピアノを買って3年間習いました。

ピアノを教わった2人目の先生が「貴女のかける時間、お金、努力に見合う成果は今からでは得られないから、もったいないので他のことに努力した方が良いです。絶対音感が身に付いていないので、演奏会に出るぐらいの実力は着きますが、努力に見合った成果は得られませんよ」……そこでリコはピアノを止めて茶道と華道に邁進し、素晴らしい先生に出会い、師範の免許を頂きました。

ハーバード大学にて

◆「絶対音感」とは

絶対音感は、ある音を単独に聴いたときに、その音の高さを記憶に基づいて絶対的に認識する能力である。狭義には、音高感と音名との対応付けが強く、ある楽音を聞いたときに即座に音名・階名表記を使用して表現できる能力である。別名として「絶対的音感」「絶対的音高感」などがある。（Wikipedia より）

2020-11-12

チャンスは準備が出来た人が好き

１９９６年４月14日に、リコは「Chance Favors The Prepared」の随筆を英語で書きました。今、それを思い出しています。

§ Providence（天意）§

Observing essential lifestyle, people who perceive Cosmic Consciousness（宇宙意識）、which arranges peaceful unity of everything in space, are people who always try to follow providence.
My continuous effort is the key to encounter providence.
I have to prepare for it. "Chance favors the prepared."
Providence is God's job, and preparation is my job.
I believe that there is a meeting of two fully developed people.
I call this relationship, "Spiritual Partnership".
It can not be reached until each person has come to age.
For meeting the spiritual partner, my body and soul have been becoming sharp.
In the stage of full maturity, it requires a sharp soul to see through to the key person.

written by RIKO

大切な所のランダム訳です。
○好機は準備を終えた人の元を訪れる。
○天意は神の御業、努力は人の使命。

2020-11-29

忠臣蔵・死してなお武士道③

赤穂事件が起きた時の将軍は「生類憐れみの令」を発して犬公方といわれた、第５代徳川綱吉（１６４６年〜１７０９年）でした。リコは40年ほど前に東京・高輪の泉岳寺の赤穂義士のお墓にお参りしました。泉岳寺は浅野家の菩提寺で、浅野内匠頭のお墓もあります。

京都市山科の岩屋寺で説明をしてくださった女性の方から聞きましたが、義士達は座禅（あぐらの姿勢）をして前に手を組んで、その上に自分の首を乗せた姿で土葬されたそうです。リコはこの話を聞いて、「死してなお武士道」と思いました。義士達の志に

共鳴して武士道を遂げさせるように、周りの人々が力を尽くしたのでしょう。本来、晒し首になるところを切腹となり、武士の体面が守られました。

２０１０年と２０１３年の２回、赤穂の大石神社にもお参りしました。赤穂城の中の大石邸は今も残っていて、江戸からの急使を迎える内蔵助の人形が置いてあり、緊迫の場面が再現してありました。急使が乗ってきた駕籠も展示してありました。内蔵助はどんな思いでこの悲報を聞いたでしょうか。

３日後には京都に土地を探すよう岩清水八幡宮の親戚に手紙を書き、山科の岩屋寺付近に住んで１年程経って（浅野家再興が叶わなくなったので）、内蔵助は仇討ちのために江戸に向かいました。内匠頭の切腹からわずか１年８ヶ月後のことでした。

2021-04-09

突発性難聴再び

昨年（２０２０年）の８月に左耳が詰まったような感じになり、特に治療はしなくて３ヶ月で自然治癒（12月）、ところが２０２１年３月21日に再発。軽い気持ちで近くの

曹洞宗　神遊山岩屋寺
（京都市山科区西野山桜ノ馬場町 96）

耳鼻科に行ったら、8月より左耳の聴力が落ちているので、大きい病院で調べることになりました。

リコは持病が無いので病院は殆ど行きません。風邪とめまいが酷い時くらい。それで血液・尿検査も何十年としていないです。リコの病院嫌いは、付き添いで何百回と病院に行き、最後は独りで看取る経験が5回もあるからです。

①36年前に義母

結婚して2ヶ月の頃、リコが独りで病院のベッドの横で見守っていた時、朝の5時頃亡くなりましたので、看護婦詰め所に行き「今、呼吸が止まりました」と義母の死を報告しました。80歳でした。

②24年前に義父

入院先に泌尿器科が無かったので一時的に他の病院に入院しましたが、反って寿命を縮めたようです。元の病院に戻ったその日の午後に亡くなりました。看取ったのはリコ独りです。

ところが私は義父の直接の親族ではないので臨終の立会人にはなれず、廊下で主人の到着を待ちました。「無事に元の病院に戻ったよ」と電話してすぐに臨終の電話。84歳でした。主人の背広の襟が折れ曲がっていたのを今も覚えています。慌てて会社から駆けつけたのです。

③19年前に愛犬のエル君
亡くなる時は吐く呼吸が多くなるので、エル君も永くないとその時に思いました。頬の黒色癌の手術をして、余命3ヶ月くらいと言われていました。玄関先で横倒しに寝ていたエル君が、朝方むくと起きていざりながら土間に降りてきて、多分オシッコをしようと思ったのでしょうが、土間に降りて息が止まりました。15歳でした。

④18年前に姉
姉は闘病1年で、最後は1ヶ月入院して亡くなりました。リコは泊まり込みで看病していましたから、明け方に心電図の線がピーッと真っすぐになり、看護師さんが病室に駆けつけて見えました。56歳でした。

⑤13年前に母
実家で1ヶ月看取り、お昼に亡くなりました。85歳でした。ヘルパーさんが言われたのは「お母さんはお洒落な人だったから、亡くなられたら直ぐに入れ歯をいれてください。そうでないと姥口になって見苦しいです」。入れ歯なんてどうしようと思っていましたら、ヘルパーさんが来られた時に母は亡くなりました。ヘルパーさんを呼んで歯を入れて貰い、家庭医に母が亡くなったことを電話しました。

＊

今は3つ持病がある主人の付き添いで、3ヶ月に1度病院に行きます。今回の難聴で患者として病院に行き、まったく違う体験をたくさんしました。

2021-08-26

お勧めの本

2年も続くコロナパンデミックで私達の生活はすっかり変わりました。これから益々、食糧難、生活必需品の不足が起きてきます。今までの暮らし方では、今後益々困難が付きまといます。

そんな中、ものの考え方を変える良い本を、リコがフォローしているブログの瀬戸英晴さんがエッセイ集として出版されました。ブログにAmazonへのリンクが貼ってあったので、注文したらもう翌日に届きました。

瀬戸英晴著『ほかならぬあのひと』

目次

第1章　舞台の上にいること
第2章　仰ぎみる北極星
第3章　稽古と四季の移ろい

3章に分かれて書かれていて、日常を確りと捉え、視座の移転（視点を変えて行動してみる）による自分の前進の体験をもとに、恩人・道元・寅さん・宮沢賢治・茶道など多様な人生経験について解りやすく書いてあります。
瀬戸さんのブログ名は『犀のように歩め』です。本の解説が書いてありますのでブログをご覧ください。

2021-09-10

己の命の納め所

ケーブルテレビの「チャンネル銀河」で中国の『大明皇妃』を観ています。素晴らしいドラマです。内容の意外さ、人物、調度、建物、どれを取っても超一流のドラマです。

姚広孝《ようこうこう》：明初の政治家・軍師・僧侶・国師。鶏鳴寺の高僧、朱瞻基の師父。道衍《どうえん》の名でも知られる。

◆第25話（8月30日放送）

姚国師は自坊にいるときも常に綱渡りの練習を積んでいました。

国師である鶏鳴寺の姚広孝高僧は深く長い谷間に綱を渡し、さる高徳が大昔に悟りを拓いた洞窟（綱渡りでしか行けない場所）にたどり着き、そこにある書物を読むのが生涯の夢でした。国師は自分の師匠が綱渡りに挑戦して綱から谷間に落ちるのを目の当たりにしました。

明の第3代皇帝・永楽帝を支えて姚国師は時代を創ってきました。時節到来で綱渡りを実行する時、立会人であるこの物語の主人公の孫若微《そんじゃくび》に、もし途中で自分が落下したり、対岸に辿り着いたりした時はこの綱を切って欲しいと、綱を切るための短刀を渡します。準備の出来ていない人がこの綱を使って洞窟に辿り着き、この書物を読んだら大変だからです。

谷に霧が深くかかり、辿り着くことができたのか谷に落ちたのか、国師の安否は不明です。どんなに素晴らしい書物を読んでも自己満足で、前人未到の山奥にいては人の役に立つことはできないのです。

「役立ってこそ生きる甲斐あり」の心情から考えるともったいない人材との思いがリコにはありますが、国師は十分に世の中のために働いたので、その先は自分の人生の完

成に向かっても良いのだと、このドラマで理解しました。

*

◆「十牛図」第十図……人の世に生きる「入鄽垂手《にってんすいしゅ》」

「十牛図」とは、中国の宋の時代の禅の入門書です。禅の教えで、仏道入門から真の悟りに至るまでを10段階のプロセスで表現したものです。牛を捕まえるべく旅にでた人物が苦労の末に牛を捕まえるストーリーであり、牛は修行の結果得られる悟りのメタファーと言われています。第十図のあと、リコが考えた第十一図は、「玄義：己の命の納め所で完結」です。あくまでリコの私見です。

*

１９９６年にリコが書いた「自己認識」という随想です。

【Self - knowledge】 Ideal life cycle

1st. stage; Physical Training.

2nd. stage; Mental & spiritual discipline.

3rd. stage; Returning the favor to society.（Helping other's growth）
4th. stage; Supporting 2nd. and 3rd. stage people who have realized their mission in life.
When I shift to the next stage, I suffer from a variety of uncertainties such as sadness, restlessness, doubt, and irritation.
I take them seriously, as growing pains. Growth in awareness has always been painful. Fortunately, I have really understood the fact that the truth never hurts us, but we hurt ourselves by worrying unnecessarily.

◆「自己認識」　人生の指針
0歳～20歳　身体を鍛える。
20歳～35歳　精神と魂を鍛える。
35歳～60歳　人々の修練のお役に立つ。「役立ってこそ生きる甲斐あり」を忘れない。
60歳～１００歳　他のステージの人々と協力し合う。
他のステージに移る時は哀しみ、不安、疑い、情緒不安定などに襲われる。まさに突然に襲われる。
それらを成長の痛みととり、不必要に心配、不安がらない。

July 21, 1996 written by RIKO

リコはこのドラマ『大明皇妃』を観ていて、自分の人生の納め所を考えました。

四度目の緊急事態発令にウィズコロナの暮らしの重し　涼風

＊

2021-09-11

9・11アメリカ同時多発テロ事件

アメリカ同時多発テロ事件から20年が経ちました。

2001年9月11日にとんでもないテロ攻撃がアメリカで起きました。4機の旅客機がハイジャッカーに乗っ取られ、国防総省（Washington D.C.）、世界貿易センター（WTC）ビルのツインタワーに激突、もう1機はペンシルベニア州のピッツバーグ近郊に墜落しました。特に、ニューヨークの世界貿易センタービルに、テロリストにハイジャックされた2機の飛行機が突っ込んだ様子は、テレビに一部始終映し出されました。

１９７３年４月に開業のツインタワーです。リコは翌年の１９７４年８月にニューヨークにいました（７月から短期語学留学でアメリカへ）。１９７４年８月のツインタワー、バッテリー公園から遊覧船で自由の女神へ行く船からリコが撮った写真です。右端が20代のリコです。

◆アメリカ同時多発テロ事件

２００１年９月11日のほぼ同時刻に、アラブ系グループに乗っ取られた４機の米国民間航空機のうち２機が、ニューヨークの世界貿易センタービル２棟に、１機がアーリントンの国防総省本庁舎に突っ込み、爆発炎上した事件。１機はペンシルベニア州ピッツバーグ近郊に墜落。４機とも乗客・乗員は全員死亡。世界貿易センタービルは崩壊し、多数の死傷者を出した。その後にセンター敷地内の他のビルも崩壊した。死者総数は推定で約３０００人。犯人はオサマ・ビンラディン率いるテロ組織アルカイダとされる。九・一一事件。ナイン - イレブン。

１９７４年撮影のリコの写真（２３９ページ右）と同じ角度の写真が、燃えるタワーと共に27年後の２００１年９月11日に撮られています。偶然取材中のテレビカメラが映した、世界貿易センタービルの南棟に撃突直前のハイジャックされた航空機。午前10時頃に南棟・北棟の２棟ともに崩れ落ちました。今でも信じられないテロ攻撃です。

以下の写真と資料はネットからお借りしました。

　9月9日にケーブルテレビの「ヒストリーチャンネル」で『ビンラディン殺害計画の全貌』が2時間に渡って放映されました。10年にも渡るこの極秘作戦を、オバマ大統領は「正義の追求」として実行に移し、２０１１年5月2日、ネイビー・シールズ（海軍特殊部隊）25名の精鋭で、テロ攻撃の主犯であるオサマ・ビンラディンを潜伏先のパキスタンで殺害しました。

911同時多発テロ 当日の時系列

8:46 AM	アメリカン航空11便、世界貿易センター北棟（1ワールドトレードセンター）に激突
9:03 AM	ユナイテッド航空175便、世界貿易センター南棟（2ワールドトレードセンター）に激突
9:37 AM	ワシントンD.C.のペンタゴン：アメリカン航空77便墜落
9:59 AM	世界貿易センター南棟倒壊
10:03 AM	PA州サマセット郡：ユナイテッド航空93便墜落
10:28 AM	世界貿易センター北棟倒壊

2021-09-20

6畳ひと間の意識

2021年はタイムワープの年です。今まであったものが無くなり、何かが生まれ、新しい世の中になってゆきます。コロナ禍による外出自粛が続き、世界が狭くなった気がします。せめて6畳ひと間分の広さはしっかりと意識を巡らせて生きてゆこうと思います。

で、最近は細かいことに気がつくようになりました。猫と話す主人の言葉遣いが優しい。猫相手なのにちゃんと話しています。リコは少し男性的な性格なので、あんなに優しく猫と話せませせん。

ミー姫と遊ぶ主人

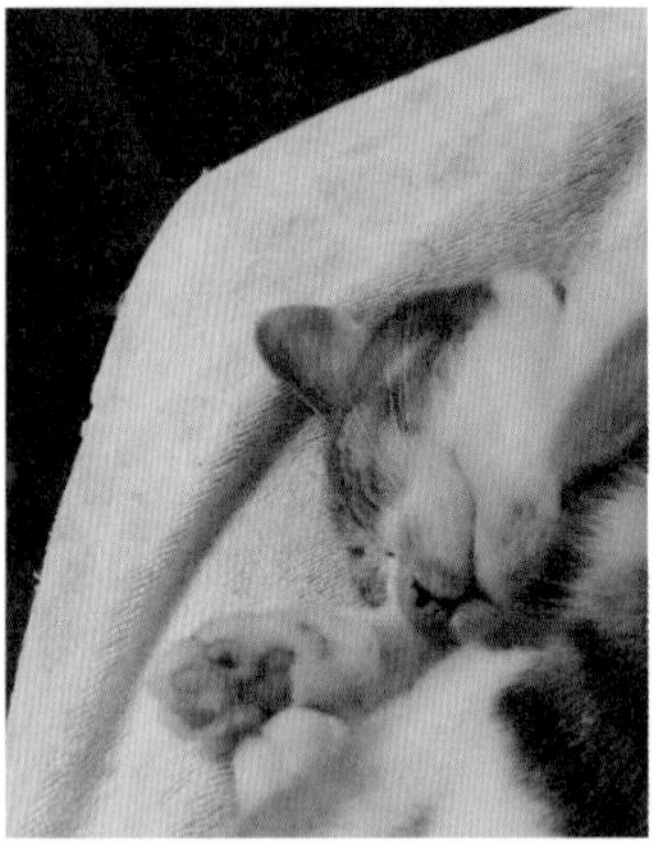

遊び疲れて昼寝中のミー姫

インド旅行

◆インド7つの世界一遺産と聖なるガンジス河7日間

（2013年2月10日～16日）

インドへ行きたかったのは、このような理由からです。

①リコは仏教を学んでいたので座禅もしたことがありますし、12月1日～8日までの臘八大接心（8日間）も行きましたが、寒さに弱いため吐き気とひどい頭痛で、2日で挫折しました。座禅にご縁は出来ませんでしたが、その後ヨガにご縁があり42年続いています。

②聖武天皇の御代に、東大寺の大仏の開眼供養（魂を入れる儀式、752年）の導師を、日本人の高僧ではなくインド人の菩提僊那師が務められました。師は碧眼の西洋人そのものの風貌で、2㎝はあろう長い爪に驚きました。

奈良県奈良市中町の霊山寺で師の写真と人となりを知り、インドへお里帰りしていただこうと思い、師の写真を持ってインドに行きました。お釈迦さまが大好きでその地の空気に触れたかったのもあります。

僊那師の写真とともに

写真を小さく畳んで樹の元に納めて、黄色の花を捧げました。

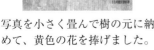

菩提僊那師は日本の仏教のために尽力されました。お墓は奈良市の霊山寺にあります。霊山寺はバラ園でも有名です。

③旅行直前に不思議な出来事があったのです。主人（当時70歳）が病院で血液検査をしたら血糖値が730もあり、即入院になりました。インド旅行（2月10日～16日）直前の1月30日に主人は入院になりました。旅行をやめようとしたら主人が、「家にいるより入院してる方が安心できるから旅行を止める必要は無い、入院してるから旅行に行きなさい」と言うのでインドに行くことができました。

この人（主人）は随分と肝の据わった人だと驚き感心したことを思い出します。1ヶ月入院して、自宅では食事療法をして、1日4回のインシュリンは半年でやめることができて、以来、薬でコントロールすることができています。

2021-10-15

年々歳々

ビーグル犬のエル君の思い出。

我が家に来て3ヶ月。庭で飼っていましたが、まだ幼く散歩に行けないので、右後ろにトイレ用の新聞紙が写っています。知らないうちに家に入りこんで定住しました。

8歳頃。主人に食卓の上の食べ物をねだっているところ。「ほら、そこにご馳走があるでしょ」と真剣な眼差し。

待ちきれず立ち上がりアピール。イジイジして椅子の端をかくので、椅子がボロボロになりました。主人は、エル君の思い出だから椅子は張り替えないと言っていましたが、今回購入のOKが出ました。23日に届きます。

2021-11-10

インドの旅⑤

リコは短歌をしています。短歌の会に入会して2年経った頃のインドの短歌をアップします。

【聖なる河ガンジス】　　涼風

ガンジスの河へと向かふ信者等に紛れて辿る巡礼の道
夜明け前汚物汚泥に目を凝らしガイドに縋りガンジス河へ
半時も歩き着きたるガンジスは濁る流れに沐浴の民
沐浴のヒンドゥー教の信徒らは解脱を信じひたすら祈る
慎みて黄の花供華す僊那師のみ影を納めしサルナートにて
道端に野犬も牛も人さへも横たはり居り動くともなし

軍隊の施設の多き街中で男の子らは塵を漁れり

街中のでこぼこ道をゆつたりと瞳やさしきのら牛歩む

意外に伸び伸びと詠めていますね。自画自賛です。

2021-11-21

見返り美猫

ミー姫のベストショットが撮れました。

立ち上がり窓からのぞく家猫は目でものを言ふ「入れてください」

この歌は歌会に出して「飼い主と可愛らしい猫との絆が良くわかります」と大好評でした。

見返り美猫

2022-01-10

遥かなるシルクロード浪漫の旅8日間

コロナパンデミックで海外旅行も遠いものになりました。もう一度行きたい所は、

①エジプト。2021年に部分開館した大エジプト博物館に行きたいです。前回は2010年11月30日～12月10日に行きました（うち4日間は、ルクソールからアブ・シンベル神殿へナイル河をクルーズ船に乗り移動、寝ている間に次の観光地に着くので荷物の移動が無いのが便利です）。

②今回取り上げる、西安・敦煌・シルクロード。異国感満載の兵馬俑・莫高窟・トルファン・ウルムチ。

③フランスへは5度も行っていますが、フランスの空気感、風、食べ物（特にムール貝・パン・チーズ）が大好きです。

＊

今回は、２０１２年９月１日～８日に行った西安・敦煌・シルクロードを詳しくアップします。

リコは２０１２年９月に中国の西安で兵馬俑を見学して、地図の真ん中の敦煌では莫高窟を見学しました。それからバスに延々と乗り、夜行列車を12時間も（３時間遅れたので）乗り継いで、２日もかけて西の吐魯番（トルファン）と烏魯木斉（ウルムチ）に行きました。『草原の椅子』（宮本輝著）に出てきたタクラマカン砂漠のほんの端と天山山脈を見上げて、旅を続けたことを懐かしく思い出しました。

８日間の旅でしたが、移動に時間がかかるのでアルバムは４冊だけです。まずはハイライト。

ウルムチから東に45㎞のボゴダ山（５４４５m）北麓の天池《てんち》（水面水高１９０７m）を訪れました。美しく澄んだ景色を思い出します。初めて見る景色がいっぱいで物凄く楽しかったね。またまた行きたい地方です。

秘境といわれる土地を旅行したい気持ちがますます募っている最近のリコです。

敦煌・莫高窟

西安・兵馬俑

2022-02-16

有無のバランス

リコが1974年にアメリカに留学した時は、サンフランシスコからニューヨークまで、グレイハウンドバス（長距離バス）で大陸を往復横断しました。グレイハウンドでラスベガス、ワイオミング州シャイアン、シカゴを経由してニューヨークまで、1日ホテルに泊まると次の日は夜行バスで寝る、を繰り返し、1週間かけて着きました。大陸横断道路は360度見渡す限り何もない場所が何時間も続き、東海岸と西海岸で時差が3時間あるほどの大陸ですから、移動も大変でした。

帰りはロチェスターからクリーブランド、南下してセントルイス、ルート66を通り、フラグスタフ、グランドキャニオンに立ち寄ってロスアンゼルスに辿り着き、またハワイに立ち寄ってから帰国しました。

人は心に1つや2つ、時には数個の大小の穴を持っているとリコは思います。穴を埋めるきっかけとなるのは、友人・知人、ペット、草花、景色などがありますが、人それぞれの「時節到来」を待たねばなりません。

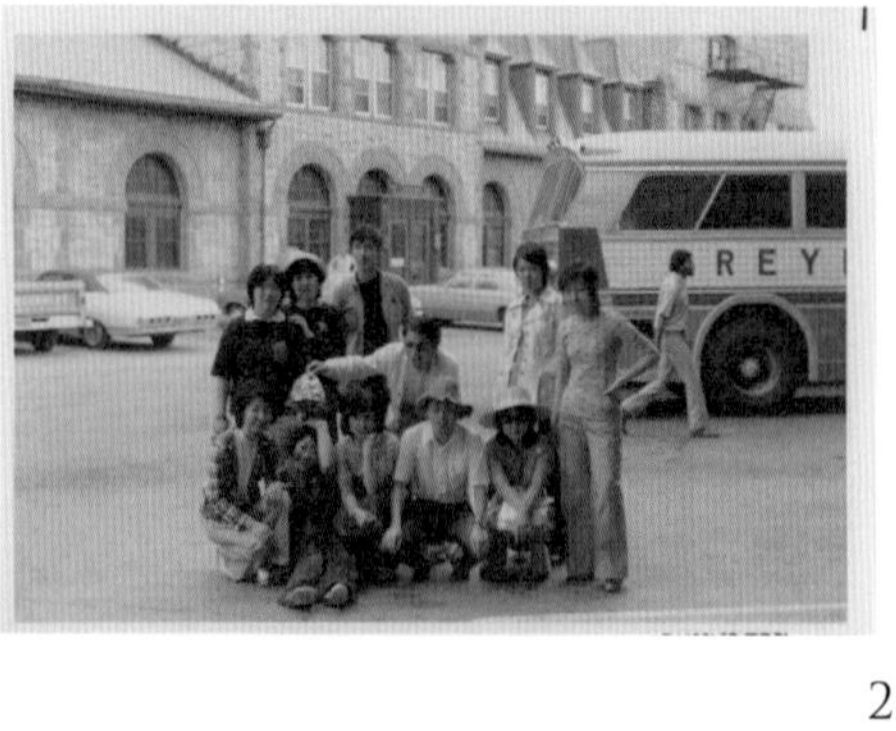

2022-02-21

中国の旅⑨　敦煌

さて、西安から飛行機で3時間、敦煌空港に着きました。

中国は空港の建物からバスの駐車場までが遠いので、スーツケースを引いて歩くのは大変です。日本のように建物を出たら前に道路、ということはありません。広～い広場の先に駐車場があります。9月3日は移動だけで終了。空港からホテルまでは105㎞あるので、ホテル着は夜の9時半でした。

9月4日、月牙泉に行く途中に、映画『敦煌』のセットが見えました。

映画『敦煌』撮影秘話――井上靖原作の『敦煌』は1988年の日本・中国合作映画。1989年の第12回日本アカデミー賞で複数受賞しました。出演者は西田敏行、佐藤浩市（主人公）。以下はネットから。

○敦煌影視城（敦煌古城）：Dunhuang Ancient City

敦煌市街から西へ25㎞に位置するテーマパークで、井上靖原作の映画『敦煌』の撮影用に、1987年に造られた映画のセットを利用。宋代の敦煌城を再現した約1万平方mのエリアで、今も時代劇の撮影などで利用されている。

○映画『敦煌』の概要

19世紀の終わり、莫高窟での大発見の裏で、書物を保存するために命をかけた当時の人間の物語を描く歴史スペクタクル。官僚試験に落ちた趙行徳は、新興国・西夏に興味を持ち都を目指した。彼は数々の困難に見舞われながら、戦禍に巻き込まれんとする文化遺産を守るため奔走する。

撮影後にこれらのセットを残して欲しいと敦煌の市長が言いましたら、日本の撮影隊は「いや、全部燃やします」と言ったそうです。市長は、「それなら灰も燃えカスも全部日本に持って帰ってください」と言ったそうで、結局そのままセットを残したとのことです。この市長の対応は見事で、中国4000年の叡智だとリコは思いました。セットは観光施設として大変に人気があり、今でも映画のセットとして使われています。

リコ達の女性のガイドさん（長澤まさみ似の美人です）は、映画『敦煌』のエキストラとして小学生の時に出演したそうです。エキストラの出演料10元（日本円で150円くらい）を何に使ったでしょうかと聞かれたので、皆はお菓子、人形、ハンカチと色々言いました。正解は、5元で買ったコカ・コーラだそうです。あんなに美味しいコーラは初めて飲んだそうです。

ものすごい数の近隣住民のエキストラが動員された映画を観たら、彼女の出演場面はカットされていたそうです。

中国の旅 ⑩　月牙泉

予定を勘違いしました。9月3日、西安から敦煌に着いていったんホテルに入り、午後5時に再集合して鳴沙山、月牙泉に行きました。

鳴沙山とは、敦煌の南7㎞にある砂山。流砂の音色が絶え間ないことから鳴沙山と名付けられ、山麓には三日月の形のオアシス・月牙泉が、東麓には莫高窟があります。

か細い砂が飛ぶので眼鏡、マスクは必要です。砂が靴に入るので、30元（日本円で約400円）でオレンジ色の靴カバーをレンタルします。

左の写真の、幅30㎝の梯子を上がり山頂に登ります。思いがけず山頂は高く、ハードなので休み休み25分かけて登りました。友人は数段登って、あきらめて帰りました。下山は、梯子の幅が30㎝しかないので、登る人の邪魔にならないようにこの斜面を右へ斜めに降りましたが、それが大間違いでした。脚が膝まで砂に埋まり、悪戦苦闘で降りました。下りは登りの2倍はきつく、のどは乾くし、脚は埋まるしで、転げ墜ちないようにするので必死でした。

月牙泉

行きは電動カートでしたが帰りはふたこぶラクダに乗り、砂漠気分はピーク。エジプトのラクダはひとこぶラクダなので乗りにくいですが、ここのラクダはふたこぶなので、こぶの間に乗ることができて快適です。

色とりどりのラクダがいる、ラクダだまりに到着です。時間になると飼い主がラクダを引いて家に帰るそうです。ラクダの寿命は30年です。凄い数のラクダ、圧倒されます。せいぜい10頭ぐらいは観たことがありますが、こんなにたくさんのラクダを見たのは初めてです。５００頭はいたと思います。

あんなに高い所によくぞ登ったと感心します。砂に脚を取られて、暑いし遭難しそうでした。ホテルに戻ったのは午後9時でした。敦煌は海抜が高く、この時期は午後10時くらいまで明るいため、観光が出来ました。

ここで海抜の比較を。

上海：４m
北京：44m
西安：４０５m
敦煌：１１４２m……海抜が高いです

次回は敦煌市内観光、陽関でのランチ、玉門関、夜光杯の買い物。

ラクダに乗って

2022-02-27

中国の旅⑪　陽関

敦煌ではこの地図の赤字のところに行きました。

陽関とは、古代シルクロードの軍事通商の重要関門で赤褐色の烽火台跡が残るところ。唐代の詩人・王維が、友との別れを惜しみ「西の方陽関を出づれば故人無からん」と詠んだことで知られる場所です。陽関の西側には、今でも砂嵐の後に陶器のかけらやコイン・装飾品が発見されるため「骨董灘」と呼ばれる地が広がっています。

「陽関故址」と書いてある碑です。隣のロバが可愛いね、誰が乗って来たのでしょうか。王維の詩が後ろに書いてありました。

元二を送る　　王維

渭城の朝雨　軽塵を浥す
客舎青青　柳色新たなり
君に勧む更に尽くせ　一杯の酒
西の方陽関を出づれば　故人無からん

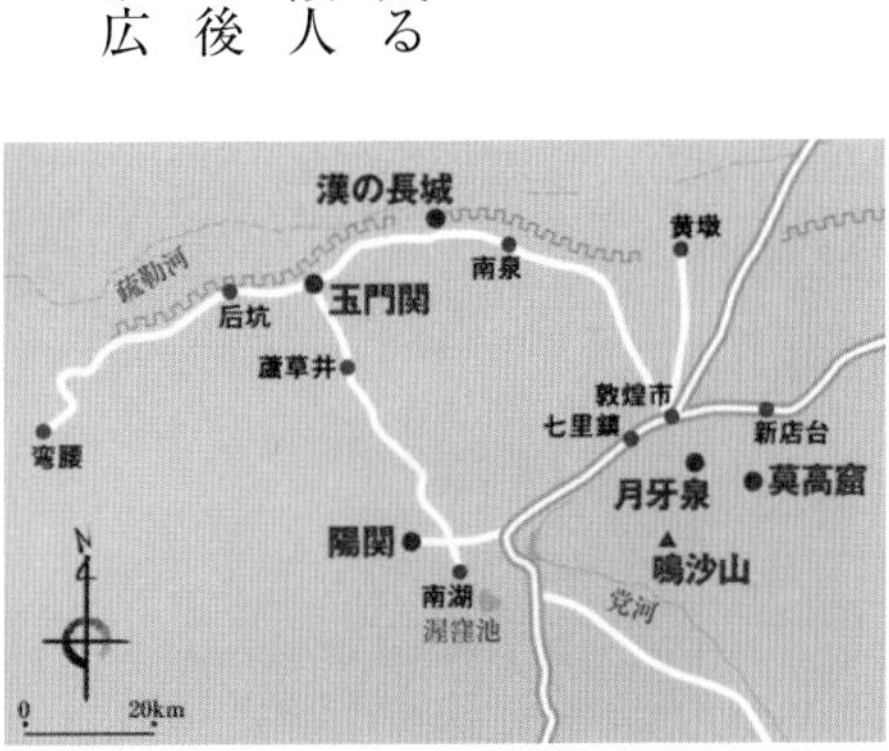

げんにをおくる　　　おうい

いじょうのちょうう　けいじんをうるおす
かくしゃせいせい　りゅうしょくあらたなり
きみにすすむさらにつくせ　いっぱいのさけ
にしのかたようかんをいずれば　こじんなからん

展望台です。四方が見渡せますが、砂漠ばかりで何にも見えません。

私達が乗ってきたロバ車です。リコはロバが大好きです。伏し目がちに歩く姿が慎ましくて可愛いですね。

○玉門関

敦煌の北西１００㎞。陽関と並ぶ重要な関所。玉の名産地だったホータンの玉石がこの門を通って都へ運ばれたことから命名されました。１辺26ｍほどの正方形で高さは10ｍ、西門と北門があります。

西域へ通ずる重要な関門だった玉門関は、古来より攻防の地として最もよく詩に詠まれています。唐代の詩人李白は、「漢は下る白登の道。胡はうかがう青海の湾。由来征戦の地。見ず人の還るあるを」とこの地を詠じています。

砂漠の中の陽関へ、ロバ車で分乗して向かいます。

砂漠の中にポツンと長い廊下のような建物があるだけです。

＊玉門関

陽関地区の施設を先に見学します。

＊陽関博物館

当時の役所のアトラクション。役人になり切って竹簡を読みます。後ろの屏風の字も素晴らしい。中国では至るところで良い書が見られます。

和田玉（和闐玉、ほーたんぎょく、中国語：和田玉）とは、中国新疆ウイグル自治区のホータン地区（和田地区）で採取されるヒスイ。前漢の武帝の使者である張騫が発見し献上したとされている。「中国四大玉石」の中でも最高の玉とされ、中国の「国石」とされている。２００８年の北京オリンピックにおいて、オリンピックメダルに金と和田玉が採用されたといわれていたが、実際には埋蔵量の豊富な崑崙玉が採用された。（Wikipedia より）

玉門関の中ではシルクと玉が交換されました。

○夜光杯を買う

シルクロード名産の、祁連《きれん》山脈で採れた原石を加工して販売しています。緑色の玉から作られた夜光杯は３０００年の歴史を持ち、唐代には皇帝にも献上されたといいます。一級品の杯は２０００元（日本円で約３万円）から。

リコは恩師の紀野一義先生の卒寿（90歳）のお祝いに、三本足（三足酒器）の杯を買いました。よく、中国の古代劇で皇帝と武将が飲んでいる形です。

後日、飲み物を入れて飲むと体に良いと聞きましたので、今度敦煌にいったら自分の分の夜光杯（三足酒器）を買います。ワイングラス形、盃の形や湯飲みの形は、よく日本の通販でも売っています。

次回はぶどう棚の下でランチです。

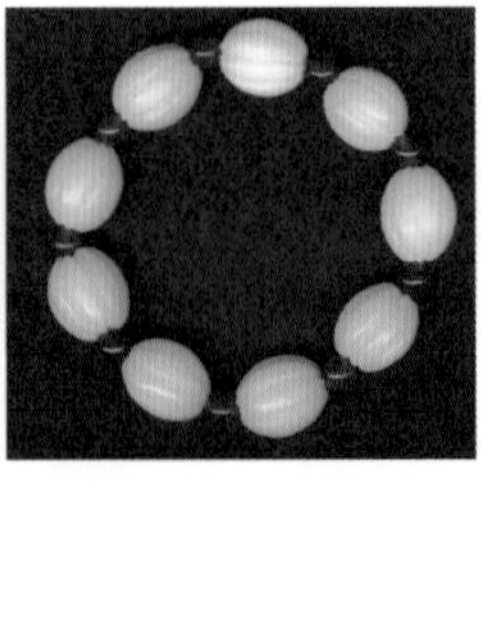
和田玉

2022-03-09

中国の旅⑫　ぶどう棚の下でランチ

２０１２年９月１日～８日の旅行中、先日の鳴沙山に行った時に後悔したのは、頂上に着いた時に、もう少し前に進めば右端に莫高窟が見えるはずでしたが、集合時間まで時間があまり無かったので引き返したことです。その上、鳴沙山を降りるのに時間がかかり、月牙泉の土産物店やレストランが見学できなかったこと。

改めて当時の写真を見ると青空がきれいですね。旅行中は一度も雨が降りませんでした。この頃はまだブログをしていないので、ブログ映えする写真やわかりやすい写真が撮れていないですね。

玉門関を間近に見学です。一辺26ｍほどの正方形で高さは約10ｍ、北門と西門があります。敦煌の北西１００㎞にあり、陽関と並ぶ重要な関所です。玉の名産地だったホータン（新疆ウイグル自治区）の玉石が、この門を通って都へ運ばれたことから命名されました。

ぶどう棚の下のこの場所は印象に残りました。また行きたいところです。吹き抜ける爽やかな風を思い出します。敦煌は海抜が１１４２ｍくらいですから夏でも涼しい方ですが、９月なので日向は暑い時もあり、ぶどう棚の下は涼しくて良いです。

ランチはぶどうの棚の下で和気あいあいと、25名のツアーです。

中国は回廊が色彩豊かで芸術的ですね。両側は土産物店です。

夕食は懐かしの日本食。秋刀魚の焼け具合が美味しそうですね。肉じゃが、茶碗蒸し、うどん等々色々出ました。天ぷらも出たと思います。

敦煌の夜光杯のお店

リコが「莫高窟」という赤ワインを買って、皆さんに振る舞いました。料理も見たこともない物ばかりですが、美味しいですね。

白馬塔の見学。４世紀に活躍した西域の仏典の翻訳家・鳩摩羅什《くまらじゅう》が、布教の最中に敦煌で死んだ白い愛馬を供養するために建てた塔です。

土産物の莫高窟柄の絹スカーフ、大と小サイズです。10枚買うと2枚おまけになるので、友人と買いまして、1人6枚に分けました。小サイズも同じように購入して6枚ずつ分けました。この小サイズは首に巻くとオシャレな感じになります。

次回はお待ちかねの莫高窟です。

2022-03-11

巣篭もりで

中国の旅をブログに連載している途中ですが、短歌を始めて数ヶ月の詠草を見つけました。若書きですがご紹介します。

【シルクロード】　涼風

尖閣の反日デモの続くなか不安を抱き西安に着く

飛機にては半日の路を遣唐使は波濤を越えて半年の旅

これぞこの五十余年も仰ぎ見し阿倍仲麻呂ぞ長安の月（現・西安）

陽関のキレン葡萄の緑陰に旅びと憩ひワインの宴

月牙泉の砂丘をラクダで進み行き数百頭のラクダに出会ふ

悠然と大日輪は沈みゆくここ敦煌のゴビ平原に

敦煌で卒寿祝ひの夜光杯を旅行鞄にそつと納めぬ

ツアーに入っていなかったので友人と自由時間に興慶宮公園に行き、阿倍仲麻呂の碑を観ました。その1ヶ月後、碑にペンキがかけられました。唐の国に貢献した仲麻呂を貶めるとは哀しいことです。

リコが撮った、碑が汚される前の写真。2012年9月2日。

中国の旅⑬ トルファン

＊トルファン（吐魯番）

９月５日、敦煌から蘭新鉄道の柳園駅まで、バスで２時間かけて到着。

柳園駅前の商店街

水はアルカリ性なので、飲料水はミネラルウォーターを買って生活しているそうです。価格は500ml で 20 円くらいです。

21 時 17 分発、４人客室の寝台列車は９月６日朝６時にトルファンに到着する予定が、列車は３時間遅れました。トルファンは海抜マイナス 150 mと水面下です。気温は 35℃、一番暑い時期と聞いていましたが、涼しい風が吹くので快適です。

駅の待合室は話し声で物凄くやかましかったです。中国は国が広いので、情報交換なのか、とにかくお喋りの声が大きいです。

海抜　大阪府庁：16ｍ
東京：40ｍ
長野市：３６２ｍ
西安：４０５ｍ
敦煌：１１４２ｍ

次回は高昌故城の見学です。

2022-04-08

中国の旅 ⑮ 高昌故城

２０１２年9月6日、敦煌からバスで2時間かけて列車の駅の柳園へ、21時17分発の寝台夜行列車でトルファンへ向かいます。３時間遅れて朝9時にトルファンに到着しました。トルファン駅到着後、市内レストランで包子とお粥の朝食。

○トルファン

吐魯番《トルファン》は天山山脈の雪解け水によって潤うオアシスで、西域に進出しようとした漢民族はここを拠点として、遊牧民と興亡の歴史を繰り広げました。

玄奘三蔵も立ち寄った独立国・高昌国の足跡を辿ります。628年頃には、玄奘三蔵が高昌国に立ち寄り講義をしたと言われていますが、今は廃墟で何もないところです。

○高昌故城

高昌王国は十代続きましたが、仏教を信仰していました。遺跡には高さ15mの仏頭、仏跡の壁には仏像を描いた絵も残し、熱い信仰心を現代に伝えています。故城は一辺が1.5㎞の四角形の都でした。

○アスターナ古墳群

6～7世紀に繁栄した高昌国時代の貴族の古墳群で、その数は数百にも及びます。墓の中からは絹織物・文書・陶器・貨幣などが発見されています。「憩い」「眠り」を意味するアスターナ古墳の遺体はミイラとなって保存され、今に歴史を伝えます。

○火焔山

『西遊記』の舞台で有名な火焔山が陽光で燃え上がっていました。トルファンは海抜マイナス150mなので盆地ですね。トルファン盆地の北端に、100㎞にわたって連

高昌故城

トルファンの町中のバザール

カレーズ

故城へはロバ車で行きます。かわいい顔でしょ。中には凶暴なロバもいて、柵のない荷台ですから、爆走して落ちそうで大変な目に遭ったグループもありました。

アスターナ古墳群

なる山脈。この山では日中、気温が40度を超えると周りの地表温度は60度以上にもなり、赤いシワの山肌は陽炎で炎のようにゆらめきます。『西遊記』の中で孫悟空が鉄扇公主と戦った場所としても有名です。トルファンの人々は、赤い山と呼んでいます。

○カレーズ

トルファンの生命線、天山山脈からの水が流れる地下水路。ここから中に入り、流れに手をひたすと切れるように冷たいです。カレーズとはペルシャ語で「地下水」を意味します。トルファンでは至るところで縦穴の井戸が掘られ、井戸と井戸をつないだ地下水が街を流れています。命の水、カレーズの総延長は３０００㎞にも及ぶと言われます。

○ベゼクリク千仏洞

かつて仏教徒のウイグル族により開かれた遺跡。トルファンから東へ約50㎞のところにあります。

左手に火焔山を観ながら進み、火焔山をさえぎるムルトク河に到ります。天山山脈を水源とするムルトク河の西の岸を見あげると、そこにベゼクリク千仏洞があります。窟の数は83あり、南北約４００ｍに渡って開削されています。華麗で緻密であった壁画ですが、現存するものは少ないとのこと。

昼食は「ラグ麵」の新疆料理、夕食は「シシカバブ」のイスラム料理です。

次回は最終日、ウルムチ・天池の観光です。

2022-04-10

中国の旅 ⑯ ウルムチ

２０１２年９月７日。トルファンから高速道路で２００kmを３時間かけてウルムチに到着。烏魯木斉《ウルムチ》は海抜９２４mです。ウイグル語で「美しい牧場」という意味で、ウイグル族や多くの少数民族が暮らしています。ウルムチの朝の気温は18～24℃、バスで１２０km先の天池へ向かいます。

天池《てんち》は天山天池《てんざんてんち》または新疆天池とも呼ばれ、中国の天山山脈の東端にあるボゴダ山の北麓にある氷河湖で、場所は新疆ウイグル自治区昌吉回族自治州阜康市の中心部から南へ30km、ウルムチ市中心部からは直線距離で東45kmに位置し、特に有名な観光名所である。（Wikipedia より）

中国のスイスと称賛される天池（１９８０m）。ここからバスに乗り、ひとまず中腹まで行きます。

万年雪の残るボゴダ峰（５４４５m）に抱かれたたずむ高原の湖。湖畔ではカザフスタン族がパオで暮らします。湖は角度によって深いグリーンに見えます。光が写真に写るほど空気が澄んでいます。

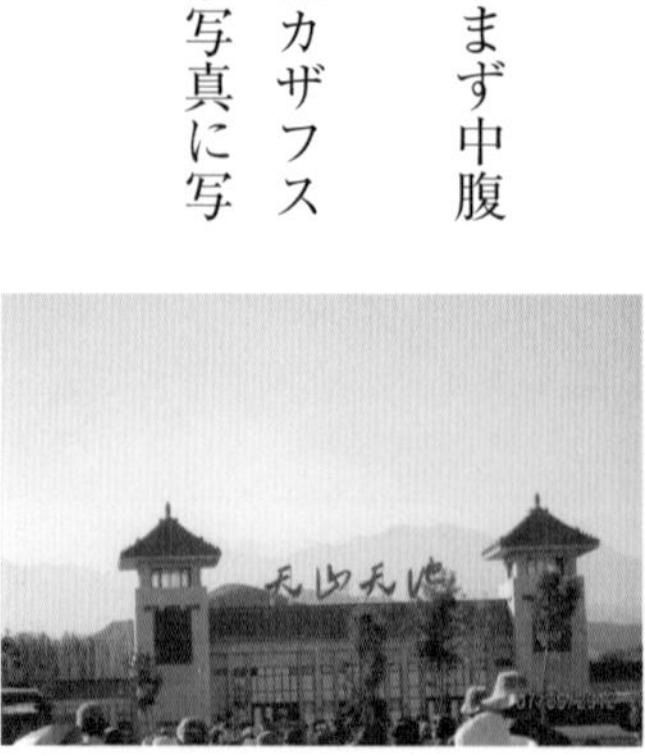

友人はマチュピチュで高山病になって苦しかったので、天池が２０００ｍを越えたら行かないと言っていましたが、天池は１９８０ｍだったのでセーフでした。この辺は11月には雪が深くなるので、春まで閉鎖されます。

入り口から乗り合いのバスに乗って、途中でグループ毎にこのカートに乗り換えて天池まで向かいます。

次回、最終回は新疆ウイグル自治区博物館です。

中国の旅 最終回　ウルムチ

２０１２年９月１日～８日までの、「遥かなるシルクロード浪漫の旅」８日間。とうとう最終日の９月７日（金曜日）が来ました。午前中に中国のスイスといわれる天池（１９８０ｍ）に行き、太陽光線が写真に写るほど澄んだ空気を堪能して、午後からはウルムチ市内観光です。

シルクロードの歴史を語る、新疆ウイグル自治区博物館は、各少数民族の歴史や古代シルクロードの文化財などの出土品約３万点が、石器時代から清代まで時代順に展示されています。なかでも、アスターナ古墳から発見された唐墨は、奈良の正倉院に収蔵されている唐墨とほとんど同じ物といいます。砂漠から発見されたミイラの展示もあり、楼蘭美女を間近に見学することができます。

ウルムチから19時20分発の国内線で上海へ。23時50分着で、ホテルには午前1時に着いたので、仮眠するだけでした。翌朝の６時にホテルを出て、８日の９時30分に上海を出発し、12時40分に関西国際空港に還りました。

大変に見どころたくさんの旅で、現地ガイドさん達も素晴らしい人ばかりで、もう一度西安・敦煌・ウルムチ・トルファンなどのシルクロードに行きたいですね。中国はまだまだ他の観光地がありますので、またの機会に行きたいと思います。

＊新疆ウイグル自治区博物館

陶器製の壁掛け

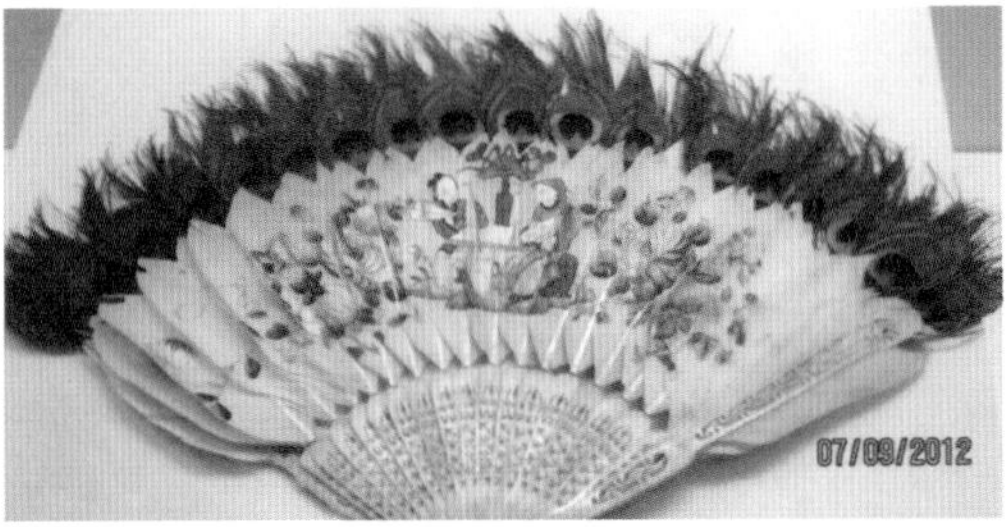

孔雀の羽を使った工芸の扇

大きな豪華な壺
色が凄いですね。角度によって
上手く撮れない時があります。

髪飾りと帽子

これは何だろう、袖かな。

左／皇后の衣装　右／皇帝の衣装

2022-05-01

共白髪

写真は結婚10年頃の２人です。年賀状に２人の写真をいつも載せていましたので、昔の２人の姿が何十枚と、今も残っていて良かったと思います。
結婚生活も40年近くになり、老境に入ったリコ夫妻の日常を短歌に詠みました。

【共白髪】　　涼風

八十路すぎの夫の話の長くなる纏むる力の衰へならむ

体調を崩せど現役貫きて八十路を祝ふ君誇らしや

一日に十錠の薬飲む夫や飲む度むせること多くなる

夫の老い義父に似て来もだんだんと足の衰へ躓き多し

ふらつきて椅子より落ちたる老い夫は亀の如くに床に仰向く

握力の弱りし故か夫は持つ皿と茶碗をたびたび落とす

体力も気力知力も衰へて下り坂なり古希過ぐる吾

せめぎ合ふ余命と歌歴あと更に三十年は歌を詠みたし

自転車を走らせ父の名を呼べば涙浮び来老いの線引き

朝起きて哀しみの湧く日のありて老いの兆しと訝るばかり

目を覚まし痛み不調の無き朝は今日の予定の復唱をする

老い二人日日の不如意を気にもせず「こんなもんだ」と受け入れ暮らす

2022-05-29

神の威を増す

◆節食のその後

・体とエネルギーの通り道の間に隙間があるようで、体に力がない。
・身体のサイズと記憶との差が修整されていないだろう。
・だぶだぶの服を着ている感じ。
・ヨガの後は隙間が締まる。
・こうして、体とエネルギーの膜の隙間が締まるだろう。
・それと、やたらと眠い。昼寝をしても夜になると眠くなる。

「神は人の敬によって威を増し、人は神の徳によって運を添う」

大阪市阿倍野区の阿部野神社の左右の柱に書いてあります。私達も日々、人々の幸せを祈りましょう。

2022-06-01

97歳の誕生日

ブログ友達のピエリナさんのお母様は、５月12日に97歳の誕生日を迎えられました。娘さんのピエリナさんが、ばら寿司とクリームチーズケーキを作られました。

彼女は優しい娘さんですね。私は母にこれほど優しくなかったので、今更ながら恥ずかしいです。お母様は気力・知力・体力が凄くあり、97歳とは思えないくらいお元気です（今は体調を崩して入院中ですが）。

下の写真は、ピエリナさんのお母様の友禅の掛け軸です。リコが所属する短歌の会の６月号のＨＰ用のイラストに使わせていただきました。

＊

大相撲大阪場所を見に行きましたので、詠草しました。

【3月に大相撲大阪場所】　**涼風**

密をさけ四人で座る枡席を二人でゆったり足伸ばし観る

雅芳……掛け軸「かぐや姫」

太鼓腹の巨漢が転ぶ内臓が激震するかの妙な音聴く

「メッセンジャーDNAのモデルナ」と懸賞旗は土俵を回る

関取の廻しの色の華やかさ桃色紺青朱に橙も

三役の力士を包む輝きは修練重ぬるオーラと言はむ

二十二歳十三日目の豊昇龍やんちゃやそのものふてぶてしさも

優勝の二十七歳若隆景機敏に動き勝機をつかむ

抽選の賞品貰ひその上に嘉風親方と写真を写す

当選記念に嘉風親方との写真撮影など、相撲協会も色々なアイデアでコロナ禍を乗り切っています。カレンダーと三月場所のプログラム、パンダのバスタオル、有田焼の丼、トイレットペーパー、水色のペットボトルホルダー、来年も使える3000円の金券、国技館カレー、ホッカイロ、大栄翔関の手形……色々あったけれど、友人にあげましたのでほとんど残っていません。

2022-06-12

懐かしい

10年前の詠草。２０１２年（平成24）に短歌の会に入りましたので、ピカピカの1年生の詠草です。その整理をしていて、懐かしい短歌がありました。

【飛花落葉】（２０１２年11月）　涼風

母の愛一入深き姉逝きてその時母も未来を失くす

姉は春の桜の花の散る頃に母はつつじの五月に逝きし

母逝きて三年迎へつつじ咲き主《あるじ》無き家に猫のみ住まふ

父祖の地に代々続く家なれどわれの生家に住まふ人なし

草も木もそれぞれ繁り年ごとに里は荒れ行き思ひ出を消す

【天上の青】（2012年12月）　涼風

カナカナとひねもす啼ける蜩《ひぐらし》は高野の山に夏を見送る

師と弟子の読経の和して流れゐる本堂に集ふ宿坊の朝

七夕に鵲《かささぎ》の橋の架かるらし今宵は空に十六夜の月

触るるほどま近に仰ぐ平安の不動明王堂々として

大塔ゆそぞろ歩きの道のべに青ひと色の紫陽花の海

新人の頃は瑞々しい詠草ですね。いま推敲をしようと思っても、「これはこれでいい感じ」と思います。

2022-06-16

人生のその後

先日、ピエリナさんのブログに「視界から去って」というヘンリー・ヴァン・ダイク氏の短文が載っていました。

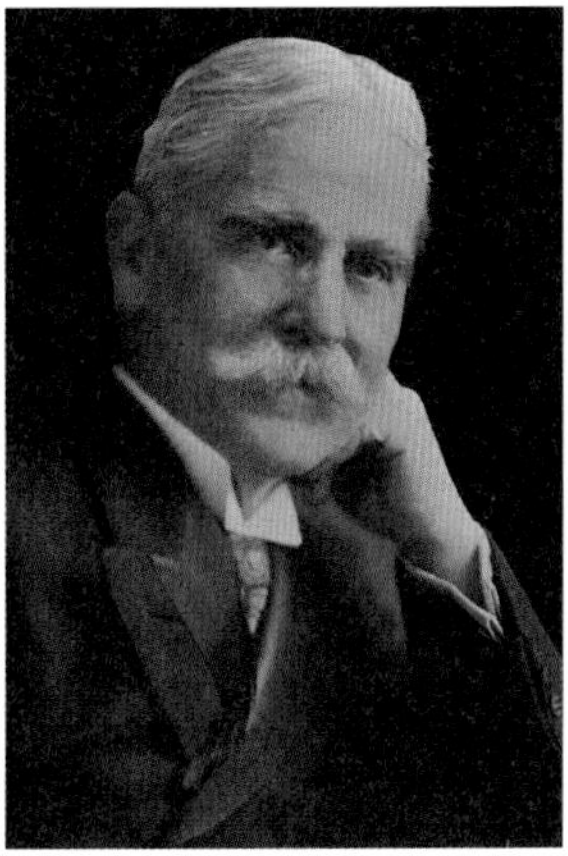

＊

「視界から去って（Gone From My Sight）」
ヘンリー・ヴァン・ダイク（米国の作家・教育者、１８５２年〜１９３３年）

私は海岸に立っている。かたわらの一艘の船が、
そよ風に向けて白い帆を広げ、青い海に滑り出す。
彼女には、美しさと力が満ちている。
私は長いこと立ちつくし、海と空が互いに溶け合う水平線に、
彼女が、白い雲の切れ端のように浮かぶまで見届ける。

そのとき、私の横にいた誰かが言う、
「ああ、彼女は行ってしまった」と。

どこに行ったのか?

私の視界から去った。ただそれだけ。

彼女の帆柱も船体も帆桁も、私のかたわらを離れたときと同じ大きさであり、そして彼女が、仕事として目的の港へと向かって運ぶ荷を積んでいることも変わらない。

彼女の小さくなった姿を私は見るが、彼女は見ない。

そして、「ああ、彼女は行ってしまった」と誰かが言ったまさにそのときに、彼女の訪れを見つめている他のまなざしがあり、そして、「彼女がやってきた」と喜びの叫びを上げようとしている他の声がある。


これが死ということです……。

*

この短い詩が私には答えとなりました。ピエリナさん、本当に有難う。

2022-07-13

何か世界が変わった気がする

リコの今生の MISSION は語り部です。

①世の中の素晴らしい人を皆に紹介する。
②良い本、良い言葉を皆に紹介する。

①と②の情報を得て、自分も頑張ろうと思う人が現れてくれると良いと思います。

今日紹介する本は、パラマハンサ・ヨガナンダ著『あるヨギの自叙伝』と『人間の永遠の探求』です。リコはネットサーフィンをして良さそうな本を Amazon で購入しています。当たり外れもありますが、概ね当たりです。

世の中に歴史に残る偉人はこういう人生なのかということが良く解ります。リコはこうなりたいと思うのではなく、こんな偉人が次から次へと生まれ世の中を守ってくださっている——有り難いことだと思います。

＊

安倍元首相が銃撃され、7月8日に亡くなられました。状況が解るにつれて、まったくの逆恨みによる犯行でした。安倍元首相の死で、特に大切な政治的財産を日本は失ってしまいました。何か世界が変わった気がしますし、私の中で何かが、変わりました。

2022-07-17

「ありがとう」の数

先日あるブログに、「ありがとう」を年齢かける1万回唱えると、第1段階の奇跡が起きると書いてありました。リコは数えたことがありませんが、最近、短歌の関連で良いことがありました。リコが望んだより良い形でした。「ありがとう」は、本人+他の人がその人に対して言った数が加算されると思います。

＊

先日、『オートファジー』の本を紹介しました。

「病気になるということは、細胞が病気になるということなのだ。だからこそ、細胞を理解することがとても重要になってくる」

詳しい内容は基本的に紹介しませんが、人によって必要とする情報は違うので、それについて知りたいと思ったらネットで更に調べ、必要なら本を読んでみてください。

2022-07-28

高野山のこぼれ話

宝亀院の「御衣加持《ぎょいかじ》」は毎年3月17日頃におこなわれます。本堂に全山から住職が集まり、一斉に読経が始まります。弘法大師の御衣は、檜皮色の御衣一襲です。

【檜皮色（ひわだいろ）】……染め色の名。黒みがかった蘇芳《すおう》色のこと。当初は檜の樹皮で染めた染色の色だったともいわれているが、一般には檜の樹皮のような黒ずんだ赤茶色を指す。

スギ、ツガ、アカマツ、コウヤマキ、モミ、ヒノキの高野六木。この法要の後、新しい御衣は奥の院のお大師様に届けられ、3月21日に納められます。前年の御衣は１㎝大に切られ、２枚入れてお守りが創られます。

「御衣切」は御衣を創る宝亀院と奥の院でも手に入ります。毎年、人気なので早くに売れ切れます。２０２２年（令和４）はコロナ禍で参拝者が少なかったので、リコは２つ手に入れました。御衣切の中には１㎝大が２枚入っています。こんなに小さくても模様が入っているのが解ります。

2022-07-30

弘法大師の衣

毎年3月21日、弘法大師・空海様へ、昨年の衣を新しい衣と代える「正御影供」の行事が奥の院で催されます。宝亀院にある井戸の水で御衣の糸を染めます。

御衣といえば38年前の1984年8月18日~20日の高野山の夏季講座に紀野一義先生が、講師として人間国宝である草木染の志村ふくみ先生を呼ばれました。この時も、志村ふくみ先生が弘法大師のために高野槇で染めた衣を創られました。38年も前の話ですが、写真がありますのでご紹介します。

8月19日、講演会で草木染の説明をされる志村ふくみ先生。草木染の糸を見せて、講演1日目。38年前、50歳代の志村先生は若くてお美しいですね。

紀野一義先生、志村ふくみ先生、30代のリコです。

紀野先生の奥様、志村先生、リコです。

紀野先生ご夫妻、志村先生、リコです。

2022-09-13

主人の入院

主人は9月9日（金曜日）午後から、お腹が張って苦しいと言うので、家庭医の薬を貰って3日間飲みましたが改善しません。結局、腸閉塞のようで、主人の持病のかかりつけの病院で12日に入院することになりました。時々、差し込むような痛みがあって、便も出ないし、オナラも出ないのでお腹が張って苦しいそうです。コロナ禍中のため病室には行けませんので、荷物は14時～17時に病院の玄関で受け渡しです。

主人は携帯電話を持っていません。病院の公衆電話は廃止されて連絡が取れないので、急遽、簡単ケイタイを買って、①自宅　②リコ　③病院　と簡単登録をして主人に届けました。看護師さんに使い方を教えてもらって、さっき私の携帯電話にかかってきました。80の手習いです。携帯電話は2つ折りのオーソドックスなタイプですが、話ができると様子がわかり安心です。

まだ絶食中で、毎日点滴三昧で、やっと16日金曜日に口から食べられるそうです。ミー姫が寂しがるわ。へそ天で寝ていますが、起きた時に時々「お父さん はどこ?」という顔をします。

お父さん、
いないの？
どこ？

2022-09-16

嬉しい

リコの短歌会の月刊誌の「私の選ぶこの一首」欄に、私の短歌「共白髪」の12首から1首を選んでくださいました。

老いの日日　**土家久子さん**

老い二人日日の不如意を気にもせず「こんなもんだ」と受け入れ暮らす　**涼風**

歳の離れたご主人との日日の暮らしを淡々と詠われた。ご主人を見守る眼差しが、なんとも優しい。多分私よりお若いであろう作者が、人生を達観しておられて驚く。「こんなもんだ」が何ともいい。誰にでもどんな場面にも当てはまる。しかも「受け入れ暮らす」大らかな人柄に魅かれた。

土家さんの温かい批評がとても嬉しいです。

2022-09-20

救急センター＃7119

突然の怪我や病気に24時間体制で相談に乗ってくれる、救急安心センターおおさか＃7119、または、06-6582-7119

救急車を呼ぶべきか迷うときや、近隣の病院を教えてくれる、大阪府のセンターです。3年前、主人はピロリ菌の駆除のために2回目の強い薬を飲んだら夜中に酷い嘔吐、息切れがあり、このセンターに相談して、午前2時に2人して自転車で5分のかかりつけの病院に行き、主人は入院しました。

今回は、9月12日に主人が便秘（主人曰く、糞づまり）でお腹が張って苦しく、時々、差し込むような痛みがある。土曜の夜だし病院は開いていないので、このセンターに電話をして、夜間診てくださる近隣の病院を3ヶ所教えてもらいました。

この3つの病院をネットで調べて、隣の市の○○病院へ月曜に行くことにしました。この間、主人は膨満感と差し込む痛みを我慢していました。

そこで、リコはふと、どうして主人が以前2回も入院した病院は紹介がなかったのか不思議に思い、ネットでその病院の診療科目を調べたところ、消化器内科がありました。タクシーで15分の隣の市の夜間病院ではなく、月曜日の昼間だから自転車で5分の、主

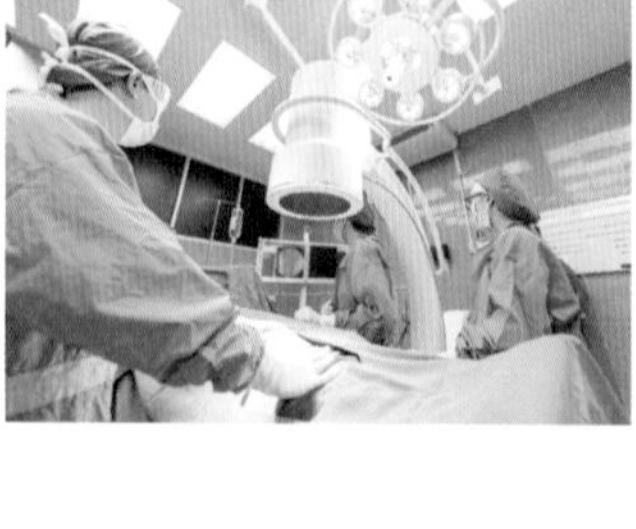

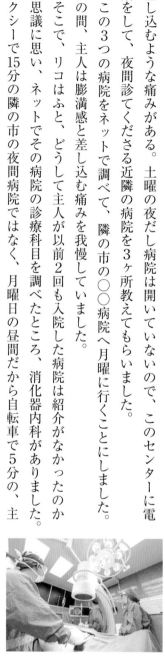

人のかかりつけで毎月持病で通っている病院に行き、12日に入院しました。
病院に行くのは夜間なのか平日か、落ち着いて考えましょう。

2022-10-14

病院へ主人のお供

9月からの主人の腸閉塞の治療でリコは最近、病院によく行きます。高齢のお爺さん、お婆さんが目に付きます。耳が遠い方も見えますのに、診察室の入り口で名前を呼ぶだけで、患者さんを捜そうともしない看護師さんもいます。
「薬を○○日間抜いてください」や、既往症、家族の病歴、手術/治療の同意書など、書くことが多く、独居の人は大変だなと思いました。リコもいずれ独居老人になりますので他人事ではありません。

2022-10-23

食事の改善

食物繊維についてNHKの『あさイチ』を見て、麦飯を始めました。ネットで下痢や便秘になりやすいとのデメリットを見ましたので、1合に対して4分の1合の麦を入れることにしました（標準は2分の1合です）。

ヒポクラテススープはひと鍋で3日分（昼と夜）取れますので、週1で作ることにしました。7種類の野菜を1.5リットルくらいの水で、弱火で2時間くらい煮ます。

◆凹まない年の功

人生で何度も経験している慣れた嫌なこと（悲しいこと）は、成り行きがわかっているので大変ではない。けれど、初めての嫌なことは心身に応える。目まい、下痢、初めての体調不良などが起きる。

けれど、70歳を過ぎてリコは「ふ～ん、これが人生か」と思い直して、若い時のように落ち込むことはありません。若い時、特に独身の時は漠たる不安がありましたが、結婚してからは無くなりました。

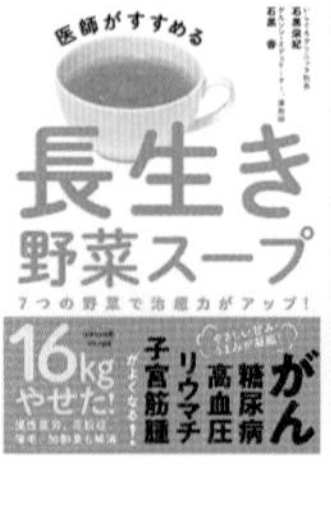

2022-10-25

若者よ、頑張れ

今週一番嬉しかったのは、小室圭さんのニューヨーク州の司法試験合格です。外国で日本人が働くのは大変です。今後もご夫妻のお幸せを祈ります。眞子さんは美術館の職員を目指しているそうですが、中々ハードルが高い。日本専門の職員になれば良いのに。小室夫妻は一流を期待されて、大変ね。

3回目の受験での合格というと、故ケネディ大統領の息子さんのジョンさんも3回目で合格しました。

2022-11-04

熊川哲也　バレエ『クレオパトラ』

11月3日に、大阪・フェスティバルホールで熊川哲也のバレエを観ました。熊川哲也といえば、この踊り。

熊川哲也さんは前から観たかったのですが、機会がないうちに引退されました。

バレエの魅力とは、

「空気を動かすような動き」

正に、リコが今回のバレエで感じたことです。

オーケストラがこれまた良かったですね。主題曲のいかにも運命を想わせるメロディー。カール・ニールセンによる「アラジン組曲：祝祭行進曲」。この曲が舞台にピッタリです。

指揮：井田勝大

管弦楽：シアター・オーケストラ・トーキョー

熊川さんは今回、ジュリアス・シーザーの役で出演です。現役でない、50歳の熊川さんの「踊る」という強い意志が、足のふくらはぎの筋肉にみなぎっていました。

コロナ禍で会えなかった友人（年に数回ランチしていたのに）と3年ぶりに会い、15時のお茶をしてから16時頃にフェスティバルホールに着きました。夜の部の出演なので、早々と切符は売り切れでした。

さすが一流の舞台は違います。第1部の1時間でじわじわ盛り上げ、第2部の1時間で感動マックス。クレオパトラ役の日高世菜さんの美しい身体にまず驚きました。柔ら

英国ロイヤル・バレエ団のプリンシパルの頃の熊川さん。

かな身体、長い手足。バレリーナは美しい身体つきが必須条件ですね。手の位置、足の位置の完璧なバランスに驚きました。

リコは普通に平凡に人生を過ごしてシニアになりましたけれど、バレエ団の人々は完璧を目指して日々一生懸命に努力しているのだと思いました。５回ものアンコール、スタンディングオベーションに、観客の満足が伝わりました。

普通の人生でも心と身体を整えて、きちんと生きなければいけないと思いました。このＫバレエカンパニーの『クレオパトラ』を観て、元気を貰いました。

主役の日高世菜さんの完璧な姿。生まれ持った身体美。

熊川さんと日高さんの手と足の位置が完璧で美しいです。

劇場の入り口にある、一緒に写真を撮るためのパネルです。

2022-11-06

立ち居振る舞いが美しい

テレビ『金スマ（中居正広の金曜日のスマイルたちへ）』のゲスト、叶姉妹さんを観ました。とにかく、真っ白な肌が美しい。そして、言葉使いとお話のテンポがとても良いですね。15年くらい前にディナーショーに行った時も、その美しい言葉に感心しました。今も輝くお二人です。ネットによるとお二人ともアラ60だそうですが、ゴージャスの限りです。

もう15年くらい前でしたが、大阪のホテルで開催された叶姉妹のディナーショーに行き、抽選があって、当選者が続けて３人も不在だったのでリコに当たりが回ってきました。舞台に上がり、リコは恭子さんにハグしてもらいましたが、自分の田舎くささを恥ずかしいと思ったのを今も覚えています。

恭子さんはトークがお上手、雰囲気がゴージャス。美香さんは超ミニのワンピースから出る脚が美しい。何を着ても良く似合っていました。30代だったと思いますが、お二人とも立ち居振る舞いが美しい。肌が真っ白で輝くばかりです。

リコも若い時に叶姉妹を観ていたら努力したかもしれませんが、専業主婦の日々ですっかりガサツに、良く言えば「元気一杯」に育ちました。

サイン入り手鏡を景品にいただきました。

◆自分のことは後で——ミー姫の気持ちを優先する　「自未得度先度他《じみとくどせんどた》」

11月3日の夜にバレエ『クレオパトラ』を観に行き、帰りが21時30分過ぎとすっかり暗くなりました。主人は腸閉塞で入院中です。ミー姫は不安だったのでしょう、家に入ってリコの膝に乗ってもなかなか寝ないで、じっと私の顔を見てなつきます。これはいつもと様子が違うので、リコは体操と瞑想の時間でしたが、そのままミー姫を1時間くらい膝に乗せました。

お風呂にいくためにミー姫を膝から下ろしたら外に出ました。もう寝ようと思い外でミー姫を呼びましたが来ないので、1時間ほどテレビを流し見して待って、帰ってきた姫を家に入れて寝かしつけました。いつもは22時には寝るのに、この日は0時過ぎに寝ました。

2022-11-07

手入れを怠らない

今日7日に、主人は1ヶ月の入院を終えて退院しました。腸閉塞を改善する手術を受けました。コロナ禍で面会は出来ないで、1ヶ月振りの主人は痩せましたね。入院前は66kgの体重が61kgと、5kg減りました。消化・吸収を担う大腸の疾患は食事制限もあり、やっぱり痩せましたね。

先日、一緒に熊川哲也のバレエ『クレオパトラ』を観た、ヨガの先生をしている私の友人は軽く歩き、歩き方、立ち姿が美しいです。遠くからでも姿勢の良さで彼女と解ります。リコと同じ歳なのに……。友人は15年くらい前から太極拳も始めて、有段者です。

キチンと手入れをして、立ち居振る舞いに気を配り、人前に出ることは、特に女性にとって大切ですね。

2022-11-09

主人の退院後のあれこれ

主人は腸閉塞で入院・手術をして、11月7日に1ヶ月振りに退院しました。

看護師さんから、「全身麻酔で手術をすると術後におかしなことを言ったり、暴力的になったりすることがあります」と言われましたが、幸いコロナ禍のため面会禁止なので術後、直に主人に会うことがなかったので、変な言動をリコは目にすることはありませんでしたし、実際に変な言動はなかったようです。

それで、帰宅してからの主人の言動を観察しています。

①5kg痩せましたが、特に細いとは感じませんでした。お腹の傷をみると、太鼓腹がペッタンコになっていました。傷は大1個、内視鏡用の穴4個でした。

②3ヶ月くらいかけて、食事を元のようになんでも食べられるように戻します。主人は主治医から「スープを濾すといっても繊維が多いので、スープは当分止めたほうがいいです」と言われました。ヒポクラテススープを勧めてくれた先生です。このため主人は、ヒポクラテススープは無しになりました。

③食事の量を全体的に以前の3分の1の量にして、品数を増やしました。昨夜はお粥、5㎝くらいのオムレツ、ウインナーの湯がき5切れ、チーズ入り竹輪3切れ、10円玉大のおはぎ2個（今は小さなサイズのものが売っています）。

今日の昼ご飯――お粥に、おかずは左上から時計回りに、紅白なます・トマト・高野豆腐・イカ天3個、エビチリ1個、上の丸い入れ物はクルミとじゃこの貝しぐれ・豆の佃煮。物足りない時につまみます。

④朝の1時間の散歩の再開。猛暑とコロナ禍で2年ほど中止していました。

⑤特に変わった言動は無く、よく動いています。今は扇風機4台を洗って仕舞う準備をしています。

主人が久し振りに帰って来て、ミー姫の安心したような顔が印象的でした。やっと落ち着いて、リコの膝で昼寝モードです。

リコは数ヶ月前から、節度ある食事に気をつけています。

11月2日の昼食に、テイクアウトの天津飯と餃子3個（1人前6個を半分）と缶ビール（350㎖）を食べたら、15時すぎにお腹が痛くなりました。トイレに数回通い、正露丸を飲んで収まったようです。油物とビールはリコには大敵ですが、最近は控えていたので、久しぶりに「いいか」と食べたらとたんに腹痛。ヒポクラテススープで胃腸の改善を期待しています。

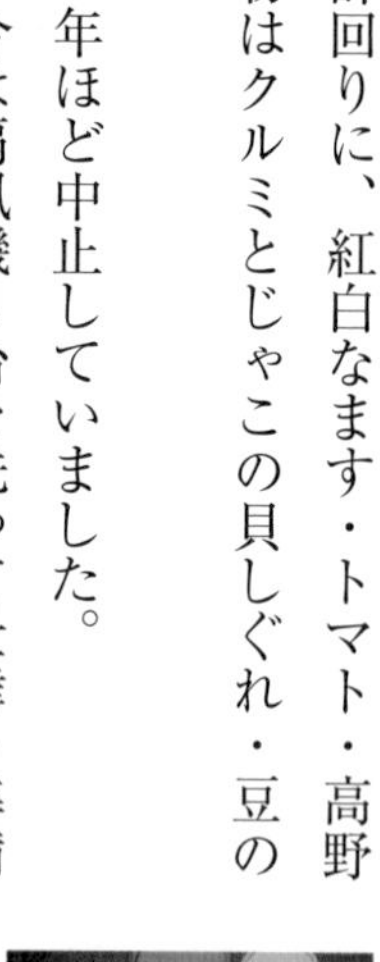

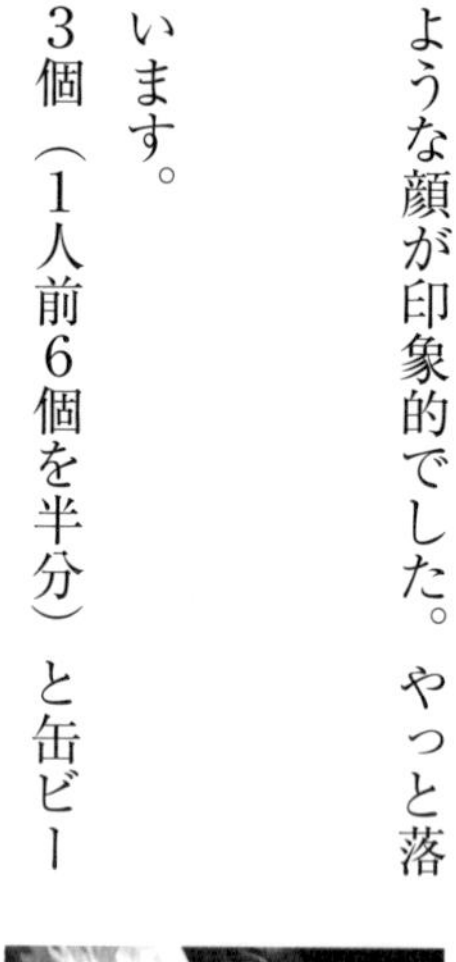

主人の退院後の暮し

主人は腸閉塞の治療で入院・手術して、1ヶ月後の11月7日に退院しました。入院中は食事が摂れなくて体力がなくヨタヨタしていましたが、退院が近づくと食欲が出てきて、8割方食べることができたようです。家事でチョコチョコと動くので体力の回復には家の方が良いそうで、退院しました。

◆主人の食事の記録：11月9日

白い皿は左上から時計回りに、チーズ竹輪・ほうれん草の削りかつお掛け・焼き鮭・ウインナーの湯がき、そしてお粥。上の丸い皿は、ほうれん草・ウインナー・チーズ竹輪・エビチリで、おかずが足りない時に摘みます。残りはリコのおかずになります。
主人は庭の掃除、ミー姫の世話、1階の掃除など細かい家事をしてくれるので助かっています。主人が入院中は細かい家事もリコがしていたので疲れました。昨日14時頃から昼寝をしていて「ゴー、ガー」と凄い音がしたので目が覚めたら、リコの「いびき」でした。やっぱり疲れていたんだね。

ヒポクラテススープは濾しても繊維が多いため、主人は当分飲まない方が良いと主治

医に言われましたので半分の量で作りました。私は1日に1回くらい飲もうと思っています。半分の材料で作りましたが、3瓶（6回分かな）出来ました。手前の入れ物は濾したカスです。これも少し入れて飲みましたが繊維が多いので、腸が動きすぎですから全部捨てます。

2022-11-13

パソコンの買い替え

Windows10のパソコンが7年目になったので、富士通のネットショップで買い替え、オプションで色々スペックを変えました。4代目のパソコンです。月末に届きます。サイズは、外枠が今より高さが4㎝くらい低くなりましたが、足が長くなったので見た目は変わりません。23.8型、corei 7、8GB、色はホワイト、ワイヤレスマウスとキーボード。パソコンの下にキーボードがスッポリ収納できますので、机が広く使えます。

ここで、笑い話。

友人がブランドバッグを持って買い取りショップに行ったら、10万円になったと言いました。リコも国内ブランドバッグとヴィトン2個を持ってショップに行きました。国内ものは4個で500円、エー！　ですね。ヴィトン2個は42000円でしたが、元値の10分の1でした。

いま判ったのは、これは神様がパソコンの買い替えの費用を助けてくださったのだと思いました。

◆手術前の主人の覚悟

来年1月で81歳になる主人は精神力が強いです。今度の手術で死ぬとは思わなかったかと聞きましたら、

「覚悟を決めた。どうもがいても先生に任せるしかないから」

私のことは考えなかった？

「君のことやミー姫のことは頭から消し去り、自分だけに集中して、覚悟を決めた」

主人らしい返事でした。常日頃、私達は災害の時でも相手を気にしないで、まず自分が生き抜いて、集合場所で会おうと決めています。

◆今日の主人

病院では時々お腹がシクシク痛んだので、フリースのひざ掛けを腰に巻いて寝ていたようですが、家では痛くなりません。多分、冷えたのだとリコは思います。病室は仕切りがカーテンで、ドアも開けっぱなしですからね。

術後1週間は色々な管が体から出て動くのに難儀していたので、看護師さんにいつも助けてもらっていました。回復して3階に移ってからは自由に動けたので、退院の3日くらい前からしきりに家に帰りたくなったとのこと。本当に看護師さんにはお世話になったと感謝している主人です。

退院後1週間ですが、昼間にベッドに横になることもありません。入院前の9月頃は、昼間に横になることの無い主人が時々ベッドに横になっていたので、夏バテかなとリコは思っていましたが、病気だったのですね。

ヒポクラテススープは、主人は「スープを濾していても繊維が多いので、腸が落ち着くまで当分飲まないように」という主治医の指示で中止しています。

2022-11-19

病気のおかげ

主人は腸閉塞で9月と10月に入院して手術をしました。主人が退院していちばんホッとしているのはミー姫です。寛いでストーブ前で寝落ち中です。

主人は長い入院は3回目ですが、今回が初めての手術で、常日頃優しい主人はさらに「優しさの幅」が広がりました。リコは「細やかな心配り」が少しは出来るようになりました。病院に荷物を届ける度に、医者や看護師の方々の様子を拝見することが多くなりました。病気で心身ともに弱っている患者・家族の方々に優しく、時には励ます口調で少し強めに話す様子を度々拝見しました。

最近、親族の方が腎臓疾患で人工透析（週3回）をすることになりました。この方は言いたいことを言い、自由気ままに生きてきましたが、苦労なさっているようです。労って接していこうと思います。そして、主人には嫌な思いをさせないように気を配ろうと思います。

2022-11-27

まさに闘病

主人は65歳・70歳・80歳で長期入院は3回目ですが、手術は今回が初めてでした。腸閉塞で入院後、最初の1週間は24時間点滴、術後も1週間は24時間点滴で2本の点滴管。身体から排尿の管、術後の廃液管などに繋がれて、常に看護師さんに助けられていたそうです。

「闘病とはよく言ったものだ、まさに病と闘っている日々だった」と滅多に愚痴や不平を言わない主人が漏らしていました。24時間点滴なのでトイレが近くなる、間にあわない時も多く、度々パジャマを濡らし、日に何度も看護師さんに下着を取り替えてもらっていました。

2022-12-01

日々雑感

◆人のふり見て

◎自分ばかり見詰めていると、更に自分がわからなくなる。
◎忙しい忙しいと言って、自分のことばかりしている人。
◎新聞に紹介記事があったので図書館で借りて読みましたが、事実ばかり（多分）書いてあるので、残酷、不潔、いじましい内容が多く、知ることに準備ができていない人々の精神的動揺はどうするのかと心配です。
◎リコは大忙しです。８月~９月は大規模リフォーム。年齢的にもこれが人生最後のリフォームです。
◎９月・10月・11月は主人の入院・手術。
◎重要案件２件の処理。
◎12月はパソコンとプリンターの買い替え。

以上のようにバタバタしていたので、凡ミスが多発しました。ブログも下書きの順番を間違えて、来月分を先にアップ、慌てて差し換えました。

リコも歳だなぁー。

2022-12-02

初めての失敗

8月からずっと忙しかったので、疲労気味です。

①8月～9月、ユニットバス・外壁・ベランダ交換など。
新しいものは使い方の説明書を読みますので、手間が掛かり難儀。

②9月・10月・11月と主人の入院、手術。
コロナ禍で余計に心身共に負担がかかったようです。主人が入院して初めて携帯を持ってくれたので助かりました。

③重要案件の処理。これは書類作成が大変でした。

④パソコンとプリンターの買い替え。
パソコン機種の選定と、思いがけずプリンターがWindows 11対応ではなかったので、これまたメーカーとのやり取りで機種の選定。旧パソコンとプリンターの廃棄引取りの手続き。こんな面倒な手続きは懲り懲りなので、買い替えはこれで最後にします。12月3日にパソコンを取り換えるので、前日にプリンターは設定しておきます。直ぐにUS

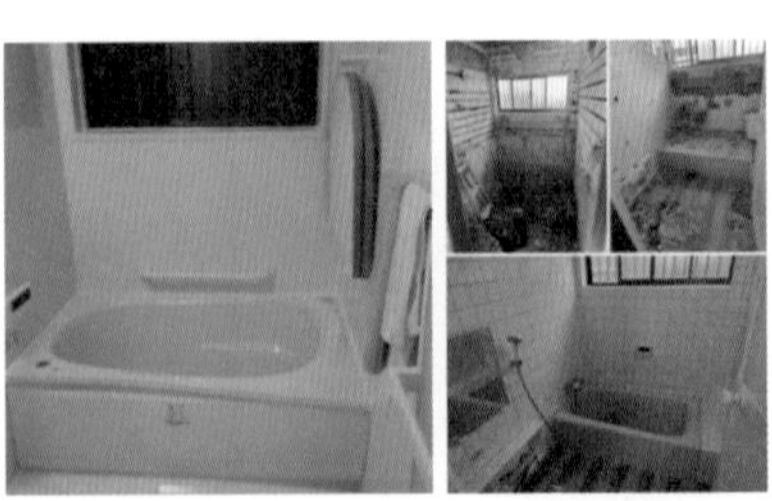

Bケーブルでパソコンと繋ぎたいので。

⑤家事や暮らしで忙しいと、今まで気を配っていたところが抜けてミスが出て、その処理にまた時間を取られ……悪循環の5ヶ月でした。

2022-12-08

勇気の湧く言葉

◆ティムシェル　Timshel

ティムシェル（Timshel）とは、ジョン・スタインベックの古典文学『エデンの東』に登場する有名な台詞であり、作品の核となるテーマ。ヘブライ語で「汝、意思あらば、可能ならん」の意。

ジェームズ・ディーン主演の『エデンの東』は1955年の映画なので、リコはテレビで観たのが40年ぐらい前かな。

最近バタバタしているので、リコは些細なミスを多発しました。大きなミスはやり直

しがききますが、小さなミスは右を左に直すぐらいなので、やり直すほどでもない。けれど、小さなミスほど気になります。

そして、体調不良など、リコは眼がいつも何かはトラブル。光視症、乱視、飛蚊症など、眼病のオンパレードが苦になります。

いつもリコが大切にしている言葉が「ティムシェル Timshel」。落ち込んだ時などに思い出します。8月～11月は家のリフォームと主人の病気などで忙しかったので、些細なミスが多発しました。ミスでなく認知症の始まりかとヒヤッとしたり、落ち込んだりの5ヶ月でした。

2022-12-12

世も変わる、私も変わる

主人が退院してきたら、ある日玄関に、ビニール袋に入ったスタミナドリンクが10本、バラで入っていました。

10本がビニール袋に転がっていましたので、「誰だー、こんな物置いて」と腹が立っ

ていた時に、主人の親戚の人から電話が架かってきて、「ドリンク飲んで元気になって」と宣った。腸閉塞で大変な治療をしたのをその人は知っているのに、飲み物、食べ物にリコは凄く気を使っているのに、「なんだ、お前は」の心境でしたが、不思議なことに2〜3日して、場違いな物を持ってきたことに怒るのではなく、心配してくれたことに感謝する気持ちが湧きました。

心境の変化は、主人の9月〜11月の入院をきっかけに始まったように思います。心境の変化には以下の理由が思いつきます。

①主人が入院中の状態を話してくれる時の様子。まさに「闘病」だった。初めての手術だったので、身動きが取れず看護師さんに大変お世話になった、と繰り返し感謝の言葉を言う主人。

②主人の入院ゆえに起きた重要案件。ゴリ押しをしたその人の人生を思うと、苦労して生き抜いてみえて、たくさんの持病があります。リコはもっとその人に寄り添わなければいけませんでした。

③基本、主人に嫌な思いをさせないと決めたら、リコの思い（意地）は二の次になりました。

④主人は退院後、特に身体の変化に敏感過ぎます。自分で頑張ってきた人なので、予想外のことが心身に起きるととても気になるようです。体に力が入りにくい等、術後は色々今までと違う心身の状態が出てくるので、主人が心配するのも解りますから、「そういう時もあるね」と流すことにします。

⑤月刊短歌誌の編集をさせていただいているので、原稿依頼の時に、その人の詠草の裏話を知る機会が増えました。

人それぞれの境遇に少しは心を配れるようになりました。

⑥最近、岐阜県の同級生が亡くなりました。

通勤でいつも一緒でした。自分達の年代も亡くなる人が出始めました。同級生は30代で病気のため2人の子供を遺し亡くなった人、40代で職場のいじめを苦に亡くなった若死にの2人でしたから、70代の死はより身近に感じます。

2022-12-18

退院後の主人

我が家の一年を振り返って。

①主人が腸閉塞で入院、手術の40日。術後、寒いので、夜になると余計に寒くなるので「夜が怖かった」と、気丈な主人が初めて「怖い」という言葉を吐きました。80歳の主人が病室で、夜に寒さに震えていたなんて、切ない話です。コロナ禍で面会ができないので、病室での様子が解りませんでした。

②短歌を通して、人々の想いを汲み取ることが少しは出来るようになりました。

③来年はバケットリスト（死ぬまでにしたい１００のことを書きとめるノート）の❺と❻が叶いますように。

④お風呂・外壁・ベランダの、２ヶ月に渡った終のリフォーム。

今日は対面での歌会で、大阪市内の会場のホテルに行きました。大阪はコロナの感染者が1万人を超していますので、６名が欠席で、参加者は５名でした。11首を鑑賞しましたが、対面は話しやすく活発な意見が出て、有意義な歌会になりました。

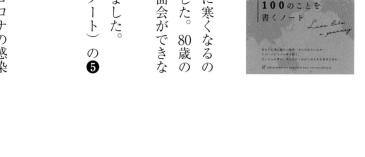

白鷺の真白き羽根に息のむや寒冷の朝心澄みたり　　涼風

3句目が問題ありなので歌会に提出しました。「息をのむ」だと連体形と終止形が同じで締まらないし、「息のむや」は俳句のようですね。皆さんの意見を総合して、4句と5句を入れ替えました。

白鷺の真白き羽根に息のむや心澄みたる寒冷の朝

もう1首、野中智子先生の素晴らしい感性と転回の詠草は、

五年振りの義姉《あね》の姿は変はらねど思はず腕とる杖の歩みに　　野中智子

先生は5年振りに85歳の義姉に会われました。食事を終えて別れる時に、フラッとされたので思わず手を添えた歌です。「思はず腕とる杖の歩みに」の表現が素晴らしいですね。野中先生の感性にいつも私は感心しています。先生の歌歴50年の重みです。

2022-12-20

雁の渡り

津軽地方に「雁風呂」という伝統があります。

青森津軽の浜では毎年秋になると、北からやってきた雁たちが羽を休めていた。その雁たちは、木の枝をくわえて津軽海峡を渡ってくる。木の枝は、海上を渡る時にその木を浮かべて休むための〝浮き木〟。しばし休んだ雁たちは、くわえてきた木の枝をその地に残し、さらに南の地へと渡っていく――。

そして次の春、雁の北帰行が始まる。雁は、秋と同じように津軽の浜で休んだのち、秋に自分たちが残していった木の枝を再びくわえて北の海へ飛び立っていく。しかし、浜には必ず多くの木の枝が残されるのだった。残された木の枝の数は、冬の間に日本で死んだ雁の数を意味する。

土地の人はその情景を悲しく思い、残された木の枝を拾い集め、風呂を焚き、人々に施した。そうすることが、北に帰れなかった雁への供養なのだった。

群れをなして大空を飛ぶ雁の姿は美しく、昔から様々な文学作品に登場し、絵画の題材にも取り上げられてきました。小林一茶も雁に魅了された一人で、雁を詠んだ句を数多く残しています。

けふからは日本の雁ぞ楽に寝よ　**小林一茶**

（はるばる海を渡ってきた雁よ、旅は終わり今日からは日本の雁になった。安心して休むといい）

長旅で疲れた雁を思いやる優しい歌ですね。何か心温まるお話です。日本には「思い遣る、心を配る」などの優しい伝統があります。

＊

１９６４年（昭和39）の宮中歌会始の儀に、私が所属するあけび歌会の創設者である花田比露思師は召人として参内され、お題「紙」の詠進歌は、

ふるさとの清き流れに今もかも翁はひとり紙漉くらむか　**花田比露思**

父を古処山、母を安川と愛で親しんだ花田師は福岡県出身で、この時81歳でした。私はこの歌を読んで、「自分の知らない所で、知らない人が、心を寄せてくれている」ととても感動したことを思い出しました。

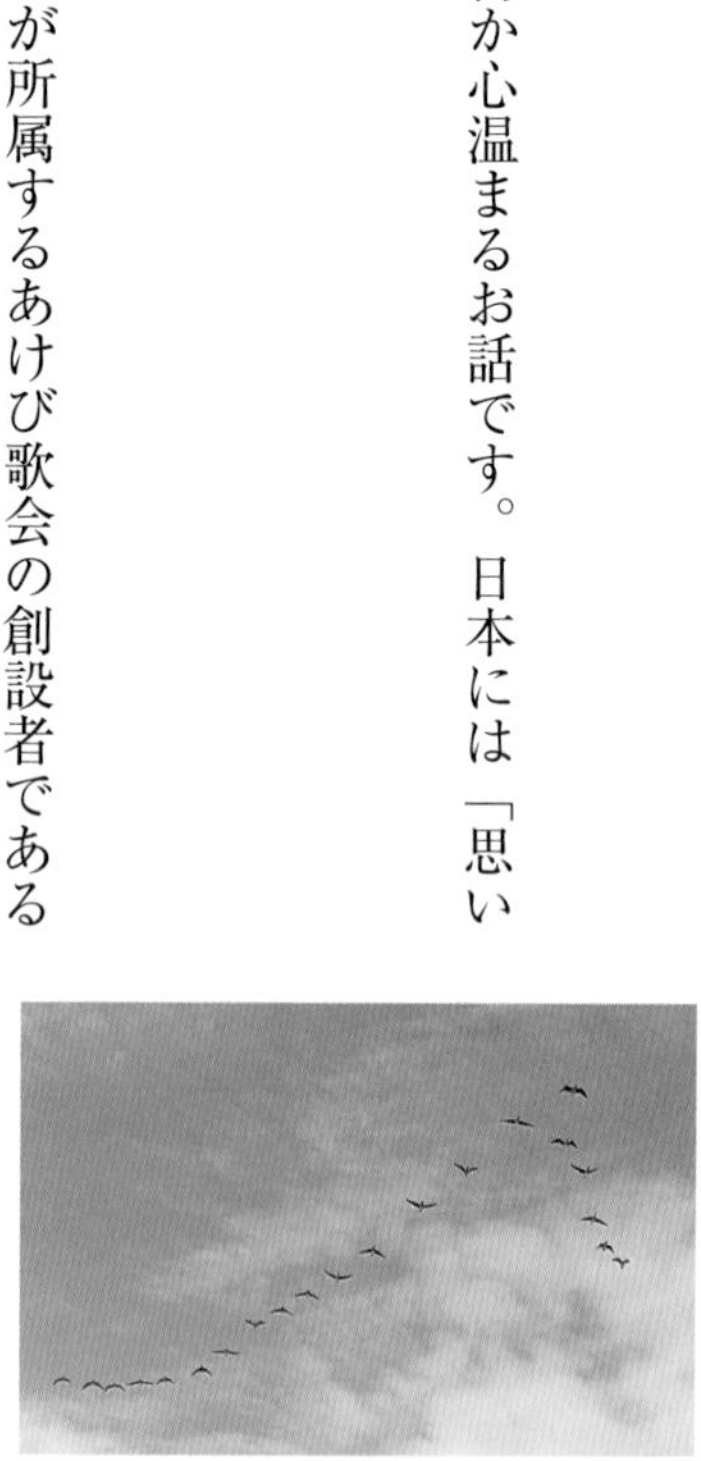

2022-12-26

皆さまの応援

今年は色々なことがありました。
①8月~9月、ユニットバス・外壁・ベランダの交換などの大リフォーム。
②9月~11月の主人の入院・手術。コロナ禍で面会出来ず。80歳の主人が病室で寒さに震えていたなんて、切ない話です。

「一段と寒くなる夜が怖かった」入院の夫の闘病の日々　涼風

病みがちな八十路の夫の顔色と寝息うかがふ朝の習はし

③主人の入院で30年来の懸案2件を解決しました。
④やはり主人の入院で、これからのことを再確認しました。本当にしたいこと、やらなければいけないことを来年はやります。主人が手術をしたのは初めての経験だったので、主人が入院中の独りの日々に色々考えました。今思うのは、なんとしても自分は達者でいて、主人をお世話しようと固い決意をしました。
⑤日々の暮らしは雑事で成り立っているので、炊事・洗濯・掃除などが滞ると何とも居心地が悪いです。

⑥パソコンとプリンターを買い替えたので、使い勝手がまったく違い、いつもの操作に時間がかかります。Word と Excel の保存先を探すのに時間がかかります。そのため私の書斎10畳（パソコンと本棚）・居間８畳（読まなくなった本などの置き場）の掃除と片付けが出来ていません。

今年も皆様の応援ありがとうございました。
来年も「リコの文芸サロン」を宜しくお願いします。
皆様、どうぞ良い年をお迎えください。

2023-01-14

幸せの種

最近、特に人様にお世話になった過去の小さな出来事を思い出しています。
リコは、心身ともにそこそこ元気でいられるのはあと30年と読みました（１００歳を越えてしまうから）。あの時、あの人のおかげだったと、今まであまり意識をしなかった人々が思い出に出てきます。勿論、つらい哀しい思い出もです。
人生の「三大良かった」の3番目に「63歳で短歌を始めたこと」があります。誘ってくれた方から「10年前から短歌にお誘いしていました」と言われましたが、その頃は父母・姉が亡くなり、実家と大阪を行き来して大変な時期でしたから、誘われていたことに気が付きませんでした。

幸せの種は、その時は後年、花開くことが分からない。
丹念に努力を続けていれば花開く。

2023-01-22

命有るものの柔らかさ

朝、リコの足元をすり抜けるミー姫の毛の柔らかさに新鮮な驚きを感じました。
生きて有るものの柔らかさ。

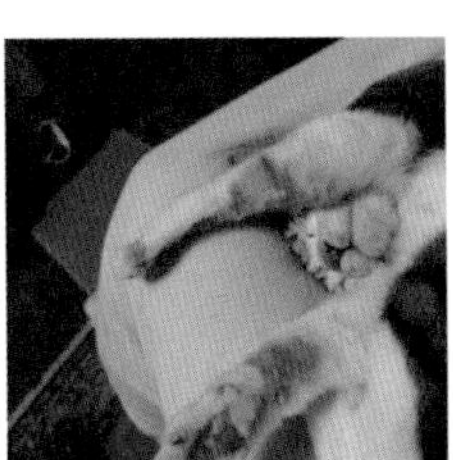

リコの膝で爆睡中

2003年（平成15）、亡くなった姉（享年56）の頬に触れた時、引きずり込まれるような冷たさにゾクッとしました。

＊

今日は廃品回収のダンボールを出します。主人がひと月かけて、バラして平積みにしていたダンボール類を出します。ところが、私が、こんな歪な小さな物は廃品ではなく燃えるゴミだと横に避けました。

ここからが、アハハ。主人は、私の見ていないうちにそれらのダンボールの切れ端を廃品に出しました。

私は最近、見て見ない振りをすることが多くなりました。日常の些細なことに異議を唱えないことにしました。

○絶対してほしくないこと。

例えば、リコが2階で、パソコンで短歌誌の編集作業をしている時にご飯の支度を催促すること。私が2階から降りてこない限り、リコが昼寝をしようが主人はなんにも言いません。亭主関白が多い時代を生きてきた81歳の主人は、私の邪魔になることをしません。凄いと思います。

○まあ、許せること。
今回の廃品の件。

○どちらでもよいこと。
日常の生活でいっぱいありますが、許要範囲が広くなりました。基本、相手の嫌がることをしない。

＊

意識を行為においてしましょう。
指もみをして、リコの症状に対応する指は秒数を増やします。
・人差し指は胃腸系（下痢体質）
・中指は耳系（耳詰り）
・小指は眼系なので20秒。
・その他の指は10秒。
ところが、指もみをするときに他のことを考えるので、秒数が多くなってしまいます。

日常の生活でも、意識がしっかり対象に向いていない状態で物事を判断するのは、進路を間違いやすいということ。

青色の大事な情報が抜けた状態で物事を判断したら、大間違いの結果を招きます。

あとがき

この本は、２０１８年４月から始めたインターネットのブログ「リコの文芸サロン」の、２０２３年１月24日（夫の誕生日）までをまとめたダイジェスト版です。ブログ開設５周年を記念し、全ブログの４割程度の文章と写真を整理して、３２６ページの本として誕生しました。

夫・奥野谷利一は、「君のブログは内容が多岐にわたり読んでいて楽しいし、50年も前の写真や珍しい写真も多く掲載してあるから、ぜひ多くの人に『リコの文芸サロン』を読んでもらいたい」と、ブログを本にすることを強く勧めてくれました。

こうして、私のブログ本の出版プロジェクトが今年の１月５日にスタートしたのでした。いつも私を励まし、応援してくれる、夫・奥野谷利一にこの本を捧げます。

＊

28歳、師に出会えた幸。

３年にわたり師を探して人生の師となる紀野一義先生に出会い、名古屋から新幹線で東京の先生の例会に７年通いました。その後、大阪に嫁いでからは、京都の例会に参加しました。こうして40年近く紀野先生に教えを受けました。

30歳、ヨガを始めた幸。
友人の藤田典子さんに薦められて、もう43年ヨガをしています。そのおかげで、ヨガは私の心身の健康維持に役立っています。彼女はヨガの教師をしています。

35歳、お見合いで岐阜県から大阪の奥野谷利一に嫁いだ幸。
42歳の夫と35歳の妻という晩婚夫婦でした。私は歌集もブログ本の出版も、私の人生において出来るものだとは考えたことがなかったので、『リコの文芸サロン――ブログに綴る人生の機微』を74歳で出版できたことは人生の華です。
その主人は81歳になりました。昨年10月に大病を患いましたが、順調に回復して今は穏やかに暮らしています。

わが夫と友に出逢へるこの一世ひと日ひと日を宝とぞ添ふ

私の人生の大きな指針は神社仏閣のお参りです。お参りでたくさんの「御蔭」をいただきました。「神仏霊場会・巡拝の道」で伊勢神宮の内宮・外宮と、近畿2府4県の154ヶ所のお参りを2回満願しました。四国巡礼は順打ちと逆打ちをさせていただきました。

63歳、「あけび歌会」に入会できた幸。

大阪歌会の水谷和子先生・野中智子先生のご指導を受け、歌会の先輩各氏と和気あいあいと短歌の勉強をしています。歌歴は10年と短いですが、〝短歌のある暮らし〟を楽しく続けています。

今年8月13日、大阪府堺市の大鳥大社の例祭にて、「あけび歌会」は献歌をさせていただきました。

大鳥の万緑の苔につばき招《を》く祠官の描く宮の賑はひ

台風に倒れし鳥居の再建に「夢枕に立つ」と寄進のありぬ

*

「文學の森」の山田清美様は福岡から大阪の私の家に2回も来てくださり、原稿整理を手伝ってくれました。感謝に堪えません。東京の編集部の齋藤春美様、装丁をしてくださった五十嵐久美恵様にも大変お世話になり、心よりお礼申し上げます。

2023年10月吉日

奥野谷　涼子

著者略歴

奥野谷涼子（おくのたに・りょうこ）

1949 年　岐阜県多治見市に生まれる

㈱東海銀行勤務を経て、

1974 年　アメリカ短期留学、

帰国後は名古屋市内の貿易商社に勤務

1977 年　人生の師の紀野一義先生に出会い、

40 年近く教えを受ける

1985 年　大阪府の奥野谷利一と結婚

2012 年　「あけび歌会」入会、水谷和子先生に師事

2018 年　「あけび歌会」ホームページ管理者

2023 年　「あけび歌会」編集委員

リコの文芸サロン
ブログに綴る人生の機微

発　行　令和五年十一月七日
著　者　奥野谷涼子
発行者　姜　琪　東
発行所　株式会社　文學の森
〒一六九-〇〇七五
東京都新宿区高田馬場二-一-二 田島ビル八階
tel 03-5292-9188　fax 03-5292-9199
e-mail　mori@bungak.com
ホームページ　http://www.bungak.com
印刷・製本　有限会社青雲印刷

ISBN978-4-86737-160-2　C0095